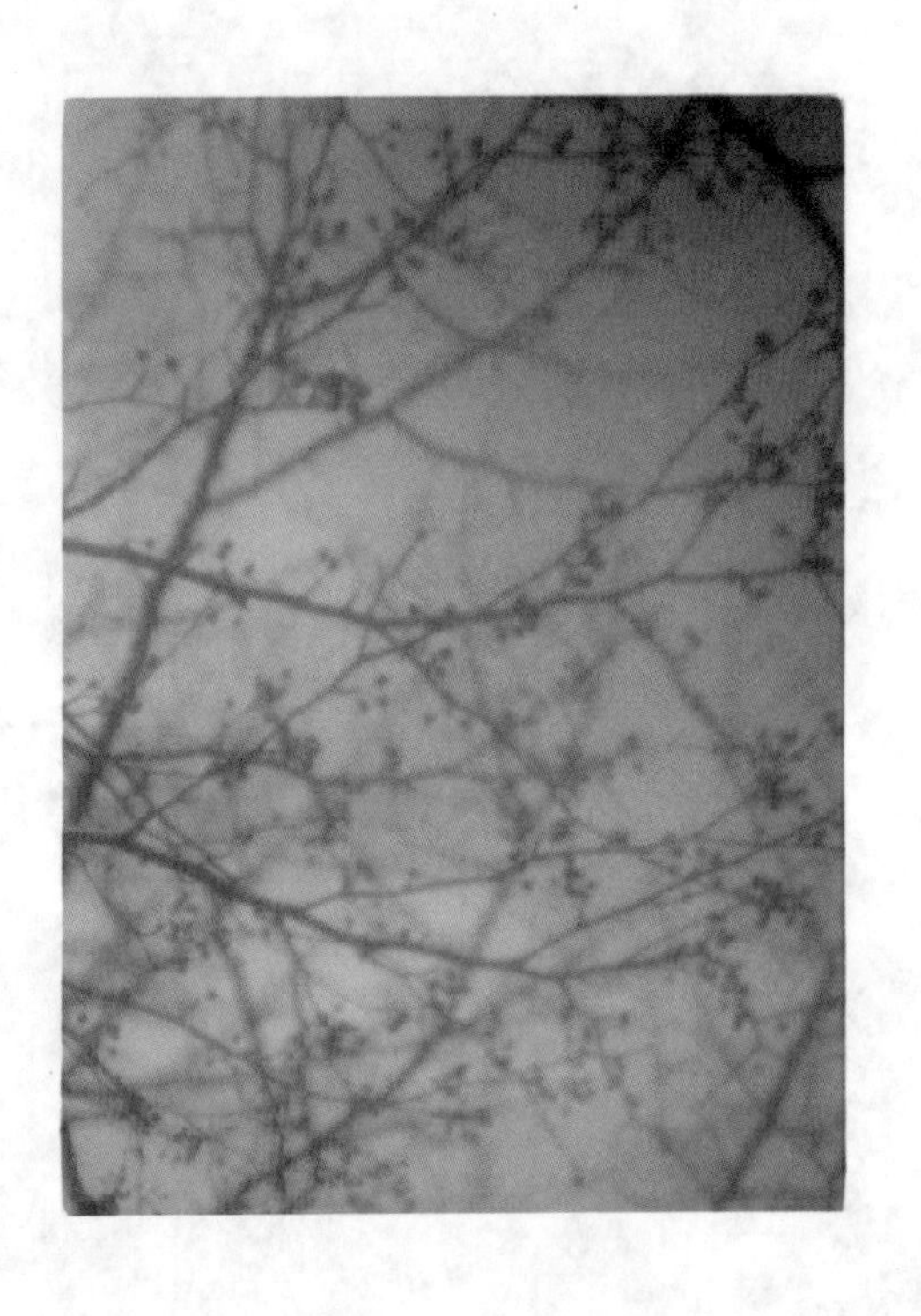

目次

装幀　佐々木暁

だいちょうことばめぐり

ことばをめぐるまで

二〇一四年八月のはじめ、花柳流の稽古場を探して道の上から下までを何度も行き来していた。友人の花代さんが、娘の点子ちゃんとふたりで『胡蝶(こちょう)』を踊るというので、本番前、最後のお稽古をみさせてもらうことになった。通し稽古のことを「下ざらい」というらしい。お稽古場の木造建築は坂下にひっそり建っていた。

花代さんは、美しい写真をたくさん撮る。長らくベルリンを拠点にして作品を制作していたけれど数年前日本に戻ってきた。点子は十八歳になったばかりの高校三年生で、キュレーターを目指して勉強しながら、たまにモデルの仕事もしている。玄関をあけると、賑(にぎ)やかな気配がわっと伝わってくる。急いでコンビニで買った白靴下をビニールの音をたてながら履いていると、稽古を待つ浴衣すがたのお嬢さんが唐傘を両手に立っているのがみえた。廊下には三連イヤリングみたいに、赤い笠がいくつも連なった振り出し笠も置かれていて、『京鹿子娘道成寺(きょうがのこむすめどうじょうじ)』をどなたかが踊るらしかった。広間の隅に座っていると、鼓を帯の上に巻き付けた花代さんと点子が控室からでてくる。小柄な花代さんと、背の高い点子のふたりが、そろいの浴衣を着て、磨き上げられた廊下を渡ってやってくる。二人とも神妙な顔をしている。稽古の番が近づいてせわしなく着替える人の気配を後方に感じながら、先生の声とともに踊りはじめる。稽古場には大きな窓があって、夏陽(なつび)がさしていた。

花代さんとは、昨年の初夏にラトビア共和国大使館で会った。大使館で共通の友人が一日限りの展示をしていた。夜になって、ふらりと花代さんは浴衣であらわれた。抱えていた巾着袋には、小さな赤い石けん入れと手ぬぐいが入っていて、いまから銭湯に行くのだと花代さんが言う。彼女が歩くと、固形石けんが音をたてる。石けんはフォークソングの歌詞通り「カタカタ」鳴ることをそのとき知った。私は木型の合わないピンヒールを履いていて大使館のかたい床の上を立っているのがやっとだったから、すぐ家に帰ろうと思っていたのに、お風呂のもくもくした湯気が目に浮かび、しびれた足を湯につけて伸ばしたくなって、会ったばかりの花代さんに同行した。その夜は、夏のはじまりだというのに肌寒く、雨も吹き降りだった。ひとしきり湯につかってぬくまったあと、お茶をのみながら私たちは三時間ほど縁台で話し込んだ。作品のことや身のうえ話、店じまいするまで銭湯にいたからすっかり湯ざめして、もう一度つかりたいね、と肌寒くてうでをさすりながら帰った。その後すぐにまた千住の銭湯に二人で入りに行った。昭和初期の天井画が残っている銭湯につかったり、鰻をたべた。二軒目の湯からあがったあと、畳敷きの縁台で、塩大福を食べながら地図をみているとあたりが異様に光って読みにくい。照明の加減かと思っていたら、花代さんの膝が湯につかりすぎたせいで、ぴかぴかと、光っていた。

花代さんの写真は、みていると、自分のなかにこういう瞬間があったような気がしてくる。記憶を取り違えてしまいそうな瞬間ばかりがある。なにがうつっているのかわからなかったり、必ずしも幸福な光景だけがおさめられているわけではないのに、みいってしまう。人間のぼんやりしたすがたと光だけがある。

この連載エッセイのタイトルの「だいちょう」は歌舞伎の脚本のことを指す「台帳」ということばからきている。親や学校行事で連れられて芝居をみたことはあったけれど、自分の意思で歌舞伎をみるようになったのは高校を卒業したころからだった。

歌舞伎をみはじめたときも、物語に惹かれたわけでも、贔屓の役者ができたわけでもなく、なんとなく役者や義太夫の声と、下座音楽が鳴るのが好きで、ライブに行くようなノリで行っていた。幕見席であれば、以前の歌舞伎座では、八百円程度で一幕みられた。最初は人がなにを喋っているのかほとんどききとれず、ただきいていた。耳がなれると、グルーヴがちょっと体になじんできて、少しずつ意味もいっしょにきこえるようになる。だんだん起きていることがわかるようになって、お芝居の内容も愉しくなってくる。歌舞伎座の周辺に着くと、それだけで祝祭感があるのがよかった。お芝居好きの人には怒られそうだけれど、分厚い本をもって幕見席の最後方の壁にもたれ、床に座って読んだりもした。

　歌舞伎座に通ううち、通し狂言ではじめて『東海道四谷怪談』をみて四世鶴屋南北に驚愕して、学生時代は南北のことを勉強した。落ちこぼれだったので、とてもじぶんで考えてわかったといえることは何もないのだけれど、自分が書いている小説は南北の影響があると勝手に思っている。「お岩さん」が、南北ひとりの想像によるものではなく、それまで上演されていた歌舞伎作品、実際の事件や噂話、複雑なイメージをぐつぐつ煮てつくった作品であることを知って、戯作者の南北だけではなくて、江戸の人々の心ぜんたいに惹かれていった。南北をとおして、江戸の人々がなにを怖いと感じていたのか、どんな夢を夜みていたのか、心や体の感覚そのものに近づいてみたかった。役者にあてて書かれたことばは、肉声の痕跡で、それを勉強してゆくことによって、帳面をとおして、舞台をみていた匿名の人たちへのフィールドワークのようなことができるかもしれないとも思った。少しでも、もういない死者に近づきたい。そういう思いで歌舞伎座に行くと、幕見席からみおろす、豆粒サイズの役者も違ってみえはじめた。いま生きている歌舞伎役者のむこうに、大勢の死んでいった人たちのすがたが重なる。先代の誰々、という意味ではなく、もっと多くの、歌舞伎をみていたすべての人々の気配までみえてくる気がした。

紙の雪

一年に一、二度くらいは、東京でも雪が降る。水分の多いべた雪が多い。それでも、薄曇りの空からそれらしいのが降りてくると、ゴアテックスのレインウェアに着替えて、膝上まである長靴を履いて、外に出る。アスファルトに落ちるころには水に変わっていることが多いけれど、雪が降っているのだと思うと、水っぽくても嬉しい。

去年の雪の日は、銀座にいるときに降った。おでん屋に入って、濡れた足先を靴からこっそり浮かせていると、暖気で今度は足がむず痒（がゆ）くなる。出てきたおしぼりが熱すぎて、手が真っ赤になるのも、悪くない。みな一様に寒い寒いと言って店内に入ってくる。白木のカウンターのむこうで板前さんが数人、うつむき気味にじっと立っていて、そのぼう立ちがライブ中のクラフトワークみたいだと思う。深めのお皿にうっすらとした出汁(だし)につかったたいもや、ゆで玉子にさつまあげを巻いたぷりぷりしたねりものがやってくる。根菜やわかめ、ちくわぶ、最後に出汁をかけたごはんをさらさら食べる。鼻をかんで、意を決して、お店を出る。傘を肩の上にのっけるようにして、ボタンをとめた外套の上から暖気が逃げないよう、腕組みをして急ぎ足で帰る。雪が降っているからか人通りが少ない。道に落ちるころにはやっぱり水になってしまう雪だから雨とほとんど変わらない。それでも、傘の上に一瞬、雪の粉がおちてくると嬉しい。歩いていると、ほどろ、ということばがくちからのぼる。雪が薄く降ることをかつては、ほどろ、と言っていた。沫雪(あわゆき)のほどろほどろに降りしけばと大伴旅人の歌った一首が『万葉集』にある。奈良時代の人の擬態語はとてもきれいだ。いまはアスファルトに雪は降るけれど、ほどろということばをくちにすると、アスファルトがくるくると剝(は)がれていって、土の上に雪が降り敷くのがみえる。

雪といえば中谷宇吉郎の本だ。小学生にはむずかしかったけれど、子供向けの雪の結晶の図鑑はよくみていた。雪が降るといちごミルクのキャンディをポケットに入れて、排気ガスで汚いと言われていた道ばたの雪を少しくずして、中の白いところを飴といっしょにこっそり食べて、いちごのかき氷をくちの中でつくったりした。結晶を食べていると思うと、よりおいしかった。あたりの音を雪が吸うからか、いつもよりあたりがしずかに思える。自分の声も吸い込まれてゆきそうで、なぜか小声になる。水蒸気が空気中で凍って雪になる。そんな現象のしくみはなんとなくは理解できても、樹枝状だったり、扇の形をしたり、細かな雪結晶の集合体が、空から降ってくると思うとふしぎだ。

　雪がいつも降っていいねー、とのんきに雪国の人に話すと、雪にロマンを感じるのは都会の人間だけだ、と言われる。札幌、仙台、甲府、秩父出身の知人たちはくちをそろえて、雪が家に降る怖さについて話す。秩父では一晩で積雪一メートルになる。ドアが開かず、窓から出入りすることはざらにあると言っていた。雪によって家屋がみしみしと鳴るのは、恐ろしいことだろうけれど、いまひとつ実感がわいていない。

　紙の雪も積もったら重たいだろうか。くす玉の中の紙の雪、芝居のなかで降る雪も、いつまでもみていたいと思う。舞台の上に吊られた雪籠から、四角に切られた和紙が落ちる。たいてい降りしきるのは芝居のクライマックスだから、すぐに雪は終わってしまう。拍子木のチョンがいつまでもこないまま、鳴り物といっしょに落ちる雪を、一時間二時間とみていたい。

舞台の上の雪は、ほんとうの雪より落ち方が速いような気がする。雪片が四角で表現されているからかもしれない。舞台の上で雪を降らせるのは、毎日のことだから、いまは機械で裁断されているのだと思うけれど、かつて、人が紙を切っていた時代の雪は、三角形だった。

式亭三馬が描いた絵入りの歌舞伎事典の『劇場訓蒙図彙（しばいきんもうずい）』に、江戸時代の紙の雪のことが載っている。上下に傘をさした役者が描かれていて「雪のかたち三角にて花ひらのごとし」云々（うんぬん）と脇に書かれてある。ちなみに『劇場訓蒙図彙』は、電子図書として、インターネットで検索すればだれでもみることができる。四角より三角のほうが、より重量が軽く、空気に触れる面積が大きくなって空気抵抗を受けやすいから、ゆっくり落ちてゆく気がする。あまり物理のことを知らないのでてきとうに想像しているだけなのだけれど。江戸時代の人にとっては、空気抵抗の理屈はわからなくても、経験則で、雪がちらつく降り方が、三角形だとより美しいことを、わかっていたのかもしれない。当時の小道具方は、雪の出る演目のたび、腱鞘炎になっていたのではないかと思う。三角形の雪を一度みてみたい。雪片が落ちるときの鳴り物にも惹かれる。やわらかなばちを使うからか、音が籠もっていて、無音よりも静かに聞こえる。雪深い光景がふとよぎる。『東海道四谷怪談』の大詰め、蛇山庵室の場の雪景色がずっと印象に残っている。売店で買ったアイス最中を手に、夏にみる冷えた色が心地よかった。目の奥までしんと冷える。雪の鳴り物とドロドロとが重なって聞こえる。数珠をまわして念仏をとなえる人々のなかで、産女すがたのお岩が、血を滴らせて伊右衛門に近寄る。白い景色のなかにあらわれる白装束の与茂七。いつまでも死にきれない伊右衛門が雪片の降り落ちるなかで見得を切る。

水温む

三月になると、三島由紀夫の『鰯売恋曳網』をみたことを思い出す。二〇〇五年、十八世中村勘三郎の襲名披露公演で、その演目がかかっていた。私は藤色の雪輪模様の江戸小紋で東銀座まで出かけた。三島由紀夫が大好きな人がたくさんいることは知っているのだけれど、私はあまり三島の書いた小説が好きではなくて、良い読者ではなかった。どんな芝居なんだろう、と少し不安になりながら席についた。御伽草子を読んでいるときのおおどかな気持ちがそのまま舞台全体に流れている明るい作品だった。鰯売り（勘三郎）と傾城蛍火（玉三郎）のやりとりがおかしくて、三島由紀夫の小説を含めたすべての作品のなかで『鰯売恋曳網』が私はいちばん好きだ。実はお姫さまでもある遊女の蛍火が鰯売りのぼてふりをかつぐ真似をすると、客席全体がにぎやかにわっとなって、ふっくらした気持ちで家に帰った。

和歌のなかの春は、めじろやうぐいすが春を告げたり、梅の香りがただよったり、雪が解けて水かさがましたりしてとてもきれいだ。それでも、実際に生きて感じる春は、ざわざわとしていて、少し居心地が悪い。芽吹いたり、光が強くなったり、花が咲いたりしてせわしない。花粉症もちにとっては目や肌のかゆい季節でもある。春は体の外も内も騒々しくてむずがゆくて落ち着かない。

父が若いころは、友人たちと家で酒を飲んでいると、酔った勢いで歌仙を巻いたりしたらしい。そんな風情のある遊びがあったのか、と思い出話をきいた。そのへんにある白紙を折って書きつけてゆくが、連衆全員の酔いが深まって、だいたい途絶するらしい。私も一度だけ、大学生のころ、指導教授が宗匠となって、連句をしたことがあった。先生が、昔は折口信夫も学生と電車の長旅のときは退屈しのぎに連句をしたし、池田弥三郎もしていた。だからやるのだ、と言った。サッポロビール缶を片手に紙とペンをまわしてゆく。巫女のアルバイトをしていた女の子のところに紙がまわってきたとき、いつもにこにこ笑っているおとなしい彼女が、思い詰めた表情になり、まったく思いつきません、と言ってわっと泣き出し、三句目がつくことなく歌仙は終わったのだった。先生が遊びなのになぁ、とぼやいていたけれど荷が重い気持ちもわかる。そもそも当時の私たちは、松尾芭蕉の俳諧を演習で読んでいたから、先生の歌仙を巻こう、という誘いにもなんとかのれたけれど、いまは突然言われたら規則を忘れているので、とてもできそうにない。

父たちが巻いていた歌仙は酒量が関係しているのかどうか知らないが、句も適当で、だれかが「水温む三月」と句をつけて、水温むと三月は同じ季節をあらわす言葉なので季かぶりでよくない、と誰かが言っても、みな酒に酔っているので、まあそのままでいいかとなるようなてきとうな歌仙だったらしい。水温む、という言葉はきれいだなと思ってきいていた。たしかに、真冬は蛇口をひねって出てくる水が痛くて指先が真っ赤になるのに、季節が春めくにしたがい、蛇口から出る水音もやわらかくなってゆく。管理された水道水でも季節の推移が手先にはっきりと伝わる。

子供のころは三月になると決まって家族でスキーに出かけていた。いとこのお兄ちゃん、四つ下のいとこ、みんないっしょだった。スキー場でだけ会う友達もいた。東京に住む人間からすると、長野県の山奥は季節が逆戻りしているように思えていた。長野駅まで特急「あさま」、その後ローカル線に乗りかえて、湯田中駅に着く。そこでいつも立ち寄る蕎麦屋が駅の近くにあって、その店で蕎麦や天ぷらを食べてから、さらに車で奥志賀まで山道を登ってゆく。午前午後と、滑って、夕暮れどきからは、ロッジの暖炉のそばに座る。そこでクリームのたっぷり入ったココアを飲んだり、イチゴジャムとバターをたっぷり塗って、厚切りのトーストをかじったりして、ぼんやり過ごしていた。寒暖差で皮膚がぴりぴりとほてって顔がかゆくなり、両手で頬をかき、鼻水を啜(すす)って、ココアを飲んだ。お茶をする時間のために、スキーを滑っていたような気がする。ウエアを腰にまいてTシャツで滑っていた父のすがたを覚えている。鈍くさかった私は、スキー自体はさして好きではなかった。スキーのリフトに乗るのが好きだったから、リフトで山頂まで行って、そのリフトに乗ったまま下山したいと思っていた。一度だけ、リフトに乗っている最中にスキー板が靴から外れて落下し、そのためにリフトで引き返したことがあった。スノーブーツの拘束する感覚が好きで、ロッジに帰ってそれを脱ぐときの、かっと足裏がほてってむずがゆくなるのがよかった。東京では春なのに、長野の奥志賀は、東京の私からみるともう一度冬に来たようで、それがタイムワープしたみたいで心地よかった。山にくわしい人からすると春の雪の質感らしいけれど私はよくわからない。たしかに、三月の雪は、温んだり冷えたりをくりかえして雪がかたくなっているので転ぶとかなり痛かった。奥志賀から下りて、湯田中の駅で、電車を待っている間、行きに立ち寄った蕎麦屋にふたたび入る。蕎麦屋の女将さんが、帰りがけに、おみやげとして壜詰(びんづ)めの筍(たけのこ)の煮物を新聞紙でくるんでビニール袋にいれて渡してくれる。壜詰めで持って帰る姫筍の煮物。割り箸ほどの細さのがぎゅうぎゅうに壜に詰まっていた。雪をかきわけて掘るんですよ。長野も雪の下は春なのだと思った。梅のにおいとか、雪の下の山菜、水道水の温度、そういうところに春が訪れると知った。壜詰めをいくつももらい、うれしくて、抱えて電車に乗る。まだペットボトルが一般的じゃなかったころのビニール製の水筒のような、茶葉を揉んで味を出すあたたかい緑茶を買ってもらって、耳たぶで指を冷やしながら、熱い水筒の茶葉を揉みに揉んで、渋い味にする。春休みの宿題をまるでしていないことを思い出して、いや一度も忘れたことはなくて、忘れていたふりをしていただけであることを思い直して、一瞬背に冷たいものが走る。暖房で靴についていた雪が解けて車内に水たまりができる。父と母が特急との接続を帳面で調べる。夜遅くに家に着くとさっそく筍の壜詰めをあけて食べた。私にとっての春のにおいは、梅じゃなくて筍のだし醤油のにおいかもしれない。

花見だんごの淡さ

白金台に好きなお蕎麦屋さんがある。以前住んでいた場所からは近かったので、しばしば通っていたのだけれど、引っ越しをしてからとんと行っていなかった。白い小さな短冊に季節の食べものが一品ずつ書かれて、壁面に貼られている。わらびのおひたし、たらの芽の天ぷら、子持ちヤリイカ煮物、黒豆のブランデー漬け。数人で来たのをいいことに、ついいろいろ頼んでしまう。一人ではとても食べきれない。まわりの人はペースがゆっくりで、本当はぱくぱく食べるものではないのかもしれないけれど箸が止まらない。檜(ひのき)の香りのする升で日本酒を一口だけ飲む。

いま住んでいるところにはおいしい蕎麦屋はない。でも築五十年ほどの古いマンションの部屋をとても気に入っている。窓の外に大きな楡の木がみえるのをみて、内覧一軒目で決めた。

それまでの数年は祖父のペントハウスで暮らしていた。祖父が他界してから長らく書庫兼物置になっていたところで、仮住まいとして、引っ越しをした。開口部が多いから日中光がたくさん入り、丸天井だったので音楽をかけると音が降ってくるようで心地よかった。祖父のスピーカーは、彼の死後十年ほど一度も音をだしていなかったから、起きてもらうまで、半年くらいはうすぼんやりした音の鳴り方だった。長唄で、娘道成寺や鷺娘をきいたり、細野晴臣のアルバム、たまに武満徹の秋庭歌一具をかけた。

壁を塗りかえて、家具も自分のものにかえたけれど、じぶんの部屋とは思えず、「祖父の部屋」に間借りしている気持ちになった。先住者の気配があちこちに濃密に残っていた。祖父はソファに光をうけながら座って本を読んでいて、長い時間同じ姿勢でしずかに過ごす。大人になるとこんなに穏やかに読書したりするのかと思ったけれど、そういう大人に私はなれなかった。祖父のテーブルの上には、画集や詩集が積み上がり、朝

から晩まで、ほとんどの時間をそのソファに腰をおろして、キャメル地に黒・白・赤で構成されたチェックのブランケットをかけて、本を読んでいた。病院でも喫煙しつづけているような人だったので、つねにたばこを片手に持っていて、ぶ厚いガラスの吸い殻入れに灰を落とす。だれかに会う予定のない日も襟つきのシャツを着ていて、それが私にはすこし窮屈に思えた。祖父と交わすことばは毎度単調で、祖父は、子供が元気に遊んでいるすがたを遠くから眺めるのは好きだったようだが、いざ面とむかうと、さいきんはどんな本を読みましたか、とか、そういうことしかたずねない。そして私にも敬語だった。小学校は絶望的に楽しくなかったし、本も、祖父の知る由もない漫画、岡田あーみんや『カムイ伝』が好きだった。今にして思えば、そのおもしろさをじぶんで考えて言葉にして伝えればよかったのだが、当時はそれを億劫がった。シェイクスピアの戯曲だけはわりと好きで読んでいたので、たずねられるたび、毎度、シェイクスピアの名をくりかえした。いつも祖父は抑制のきいた笑顔でgood girl.と言って頭を撫(な)でてくれる。ぐっがー、の意味もいまいちわかっていなかった。祖父は庭の手入れが好きで、ペントハウスにも日本庭園の築山がこしらえてあり、その庭の手入れをしていると楽しそうだった。ぎこちない会話をするよりたがいに無言で庭に出ているときのほうが、なにか共有できている気がしていた。私もおもちゃの赤いプラスチック製のシャベルで土を掘ると、ぐっが、と言ってもらえる。シャツとセーターをきちんと着ていて、麦わら帽をかぶり、つっかけサンダルで、切れ味のよさそうな剪定ばさみを持って立っていた。スコーンが好物で、アイロンをかけた白いナプキンを首元にかけて、やせた手でマーマレードジャムをどっさり盛って、くちに運ぶ。食べるしぐさも落ち着きがあって、せっついてものをくちにいれるくせのある私は、しみじみ私とは違う人だなと思った。

一度だけ、祖父と吉祥寺に出かけたことがあった。たしか雛人形を買ってもらったかえりに、少し遠まわりをして私が好きな好物のだんご屋に祖父を連れて行った。店先で腰のまがったおばあさんが器用な手つきでくるくる餅をあぶってまわしてゆくのを祖父はじっとみていた。求肥でできた、鴇色、若草色、白色、三色の花見だんごをいっしょに食べたから、それは春のことだったと思う。どの色も同じ味がする、人工着色料の団子だった。

　ペントハウスは正直生活しにくかった。トイレと浴室はガラス窓がはめこまれてあるだけだったから居間からすべてみえていた。しゃれっけからではなく、祖父の介護のためにそうなっていた。タイル張りの浴室は非常に寒く、浴室の壁面には非常階段につづく重たい灰色のドアがあり、すきま風が吹いていて、真冬だといくら足し湯をしても、汗をかくほどの熱い湯にはならない。キッチンも、シンクがあるばかりで、コンロは電熱コイルで一口しかついていなかったから、卓上コンロで食事をつくった。いちばん難儀したのは屋上の輻射熱（ふくしゃねつ）を室内にうけるために冷房がちっともきかない。そして古かった冷房はじきに壊（こわ）れた。買いかえるにしても、古い冷房をはがすのにかなりお金がかかると言われた。祖父の直接の死因にはならなかったが、ペントハウスに越してから祖父は二回脳梗塞にかかっている。それは、部屋が暑すぎたり寒すぎたりしたためではないかと思っている。祖父のことも知っている古本屋のご主人が家にきたときに、この暑さの話をしたら、この家は失敗だった、と建ったばかりのころに祖父がぼやいていたらしい。そーだよね！　暑すぎだよね、と祖父と笑いたい。記憶では、南面の窓の光を浴びて優雅に読書をしている祖父だけれど、じっさいは暑くて閉口していたのかもしれない。

他愛ない話を、祖父と話せるような気軽な関係であってみたかったが、祖父は終生距離のある人づき合いを、子供に対してもする人だった。

黒繻子の掛け衿

高校を卒業した春休みに、子供部屋のカーペットをはがして畳を敷いてもらった。大学に進学したら民俗学や、江戸時代のことを勉強したいと思っていた。少しでも感覚を近世の人に近づくにはどうしたらいいのか考えていたときに思いついたのが、畳で暮らす生活だった。私が寝起きしていた六畳間は、自分の趣味と乖離(かいり)したパステル調の水玉模様の壁紙とうすいベージュのカーペットだった。両親に頼みこんで、和室にかえてもらい、寝具も布団にした。船底枕で寝てみたかったが、それはどこにも売っていなくて、古道具にならあるかもしれなかったけれど、だれかの枕で眠ると、もういない人の夢と繋(つな)がってしまいそうで怖くてやめた。

文机を父からおさがりでもらって、夜になると電気を消して、民芸店で買った和ろうそくに火をともして、本を読んでみる。ひとつでも思ったより光量があって感動した。はじめは集中しているからか、なんとか読み進められるのだが、しだいにちらちら火先が揺れるのにあわせて、文字も一緒に揺らぎ、活字がうごきはじめる。えっと、どこまでいったっけ……。目を離すと文字を見失う。目をこらすと、文字として構成している偏（へん）も旁（つくり）もなしくずしにほどけて、なにをみているのかさえ、わからなくなる。読書というよりただ揺れる文字をみているだけなのに、調子のいい性格なので、やたらと古文がわかった気になった。

　部屋を和室にして寝起きするようになると、それまで履いていたジーンズが畳では痛くなってくる。お富さんや土手のお六のようなあだな女の格好に憧れ、奢侈（しゃし）禁止令で町人に命じられた「黒い掛け衿」にも惹かれた。衿元の黒さが、かえって膚（はだ）の白さや女らしさを際立たせ、色っぽく思えたのだった。ぱっとみて身分がわかるというのはグロテスクなのだけれど、黒が衿にだけあるのはすてきにみえた。暇な時間ができると、破格の安値で放出されていた古本屋の見切り品のようなところからみつけたぼろぼろの浮世絵の画集をみる。渓斎英泉（けいさいえいせん）のゆがんだ口もとの女のすがたをみているうち、着てみたいと思う服が街でも雑誌でもみあたらなくて、浮世絵や舞台上でみる着物を、まねしたい、と思うようになった。やわらかい華やかな着物ではない、しゅっとした縞模様や、ジーンズのような木綿に惹かれていった。たまたま旅先で会津木綿の反物工場に行く機会があって、淡いうぐいす色やあずき色の木綿を買った。木綿であれば日常着らしく大学にも着ていかれると思ったのだった。それでも、どこで仕立ててもらえばいいのかわからず反物だけクローゼットにしまった。

　着物への憧れがひましに募（つの）るなか五月に入って、和箪笥の着物を久しぶりに虫干しをしようと母が言った。二人で金具をつかんでかたいひきだしをあけると、樟脳（しょうのう）のにおいとともに、形見分けで家にやってきた祖母や曾祖母の着物をつつんだたとう紙があらわれた。おもてには筆で、包まれた着物についての簡単なメモと持ち主の名前が書かれ、久子、京、好子、菊子、美紀、真理子、死者の名も書かれていた。

たとう紙には銀座にあるらしい呉服屋の屋号と「鈴木」という名前が小さく隅に書かれてあった。いままで呉服屋は礼装を買うところだというイメージしかなかったけれど、もしかしたら、反物を持っていっても仕立ててくれたりするのではないかと思って、おそるおそる、たとう紙に書かれたお店に電話をかける。名字を伝えると、電話越しの初老の男性が懐かしそうに声をあげる。鈴木さん、という番頭さんだった。はじめて電話をするのに、受話器越しの相手に対して、きみょうな懐かしさがこみあげてくる。鈴木さんは、まるで曾祖母、祖母が生きているような文法で話すので、電話回線が違う時間軸に繋がったように聞こえる。もういない人をはさんだやりとりで距離が縮まる。はじめて着物を着たいと思っていること、大学にも着ていきたいこと、高いものは買えないことを伝えると、鈴木さんはわかった、とすぐに会津木綿の反物をひきとりに家まできてくれた。私の雰囲気が祖母に似ていると懐かしそうに言う。祖母は、ウイスキー片手に持ちながらいつもベロベロに酔っていて、木の上によじのぼって道端を通る弟を待ちぶせし、おしっこをひっかけたりするようなひとだったと父親から聞いていたから、似ているときいても複雑だ。

鈴木さんは、着物に憑かれているような人で、帯のあわせ方や生地のことを話すときは、眼が研刃のように光る。しゃきっとした男性だった。声が低くて渋くてかっこいい。細い体に似合うスーツを着て、整髪料のかおりがほのかにしていた。私は婦人雑誌でみるような着物ではなく、あくまでも江戸時代の人のように着てみたかったので、鈴木さんからしたらとんちんかんな客だったらしく、いつも、緋色の長じゅばんや、にび色の表羽織をおねがいするとそれはだめだととめられた。その二点は無理を言って仕立ててもらったけれど全然袖を通せていない。反物を仕立ててもらうたびに、黒繻子の掛け衿にしたいと言ったが、そのたびに、鈴木さんは、目を光らせて、止める。いま思えば掛け衿の黒さは、大きく髷を結っているからこそ顔映えがいいのかもしれない。でも、まだあきらめきれずにいる。入学して二年ほどは着物を着て大学に通っていたが、ティッシュの箱より分厚い枕詞辞典や角川古語辞典を風呂敷で抱え持ったり、はいからさんが通るのような女学生ショルダーバッグで毎日山手線を移動したために腰を痛め、リュックサックを背負わざるをえず、着物生活は頓挫してしまう。

結局二年で洋服生活に戻ったものの、毎年何回か鈴木さんには会っていた。母の着物をとりに来たり、近くに来たときに寄ってもらったり、着物の包みを持ってあらわれる鈴木さんのすがたが好きだった。顔を合わせているだけで、なぜかほとんど記憶のない曾祖母との距離が近くなってくる気がしていた。

鈴木さんは、数年前に、不意に亡くなってしまった。最初は実感がわかなかったけれど、いまも年に一、二度、家をたずねてくれる息子さんの顔をみるたびに、鈴木さんがいなくなったことを強烈に思う。帯締め一本で全体の調和が変わることを、鈴木さんに数えてもらって知った。鈴木さんがこれは買っておいたほうがいいと言ったものに、なにひとつ余分なものはなく、また私の買える範囲のものをつねに提案してくれた。いつもあとになってから、これがあってよかった、と支度しているときに感じる。簞笥をあけるたび、もういない人の名前をみて、鈴木さんのことも思う。鈴木さんと一緒に選んだ着物をひらくたび、「これに黒の掛け衿をしてください」と頼んだときの、鈴木さんのあきれた顔を思い出す。

天津甘栗とIxicavagoyemon（上）

小さいころから好きな食べもののひとつに天津甘栗がある。家の近所の薬局屋の隣に甘栗屋があって、そこでよく買ってもらった。かたちも不揃いで、ひしゃげていたり、かたすぎたり、えぐみのあったりするはずれの栗もわりと混入していた。それでも、その店の前を通るとかならず買った。つやけのある栗が、ごろごろ油に濡れて転がり、ざらざら粒子のこまかい石の転がる音もしていた。焦げるにおいが甘くしている。六百円くらいのサイズのそれを買い、芳しく、ぬくみのある包みをくんくんしながら家に帰る。手洗いを適当にすませ、急いで袋から栗を出して、歯で皮を嚙み割って食べた。プラスチック製の皮を割る道具を使ったことはいままで一度もない。どう割れば効率がよいのかいまもよくしらない。私の前歯は齧歯類のようで、ほかの歯に比して大きく、少し前にせり出してもいるため、栗を割るのに適している。家族がおもしろがって私に割ってくれというので、皮をパキッと噛んでは父や母の手の上にのせる。栗拾いをしたときに家で焼栗をこしらえたことがあったが、ちっとも甘くならなかった。栗の種類がまず違うのだろうが、時間をかけてゆっくり煎ると酵素がでんぷんを分解して糖を生成するらしい。だから甘いのか。長い時間をかけて煎られた栗をつまむ。指のはらも油でべとつくところも好きだった。

甘栗といえば私のなかでは石川五右衛門だ。天津甘栗が釜のうちで回転しながら焦げてゆくのをみていると、五右衛門のことをいっしょに思う。五右衛門といえば、さいきんはフランチャイズの「ゆであげ」スパゲッティー専門店の看板絵を思いだす。睨みをきかせた大百日鬘の五右衛門。多くの人が今も釜茹でされて死んだことを認識しているのだろう。私も久しくそう思っていたが、昔の文献を読んでいると、一概に釜茹でだったとは言えず、天津甘栗のように、ごろごろ熱い鉄の上を転がっていたかもしれないのだった。

石川五右衛門と聞いて、現在思い浮かべるパスタ看板のキャラクターになるまでには、長い変遷がある。多くの人が想像する五右衛門像は歌舞伎の『楼門五三桐（さんもんごさんのきり）』に拠（よ）っている。南禅寺の山門の上に五右衛門が坐りキセルをゆったり吹かしている絢爛（けんらん）な大悪党のすがたは、キャラクター化した五右衛門の集大成だと思う。モンキー・パンチの描く『ルパン三世』の「石川五ェ門」の影響もあって虚構人物だと久しく思っていたが、五右衛門は史実文献にあらわれる人物なのだった。

石川五右衛門の根本史料ともいうべき文献を読んでみる。文禄慶長年間に長崎に滞在していた、アビラ・ヒロンという貿易商の書いた『日本王国記』という書物の文禄四（一五九五）年の条（くだり）に、五右衛門のことが書かれている。初出が、外国人による記述だというところも、なんだかおもしろいのだった。

「九五年に起こったことであるが、都に一団の盗賊が集まり、これが目にあまる害を与えた。それというのも、だれかの財布を切るために人々を殺害したからである。そんな

ふうで、都、伏見 fuxime、大坂 Usaca、それに堺 Cacay の街路には、毎日毎日夜が明けると死体がごろごろしている有様であった。苦心惨憺したあげく、日中はまじめな商人の服装で歩き廻り、夜になると、昼間偵察しておいたところを襲う日本人だということがわかった。その中の幾人かは捕らえられ、拷問にかけられて、これらが十五人の頭目だということを白状したが、頭目一人ごとに三十人から四十人の一団を率いているので、彼らはいわば一つの陣営だった。十五人の頭目は生きたまま油で煮られ、彼らの養子、父母、兄弟、身内は五等親まで磔(はりつけ)に処せられ、盗賊らにも、子供も大人も一族全部もろとも同じ刑に処せられた。それというのも、法律は彼らにちゃんと警告を発しているのに、彼らはそれを恐ろしいとも思わなかったのだから」

久しく釜茹でと思っていたが、初出文献では「油で煮られ」るという素揚げの処刑方法だった。本文には盗賊の名前は明記されていないが、同時期に日本に滞在していたイエズス会宣教師が、『日本王国記』を書写して持ち帰った際に、つぎの注を書き加えている。

「これは文禄三（一五九四）年の夏である。油で煮られたのは、ほかでもなく石川五右衛門 Ixicavagoyemon とその家族九人か十人であった。彼らは兵士のようななりをしていて十人か二十人の者が礫になった」

Ixicavagoyemon という名がみえるから、どうも実在の人物であったらしい。日本における初出は『言継卿記』で、文禄三（一五九四）年の八月二十四日の条に、三条河原で「盗人スリ、十人・子一人寸釜ニテ煮ラル」とある。名前は明記されていないが、どうも素揚げになった盗人たちがいるようだった。もうひとつ、豊臣秀吉に滅ぼされた北条氏の家臣であった三浦浄心の『慶長見聞集』にも五右衛門は登場する。

「石河五右衛門と云大盗人伏見野のかたはらに大きに屋敷をかまえ屋形を作り、（略）夜は伏見へ乱れ入ぬすみをして諸人をなやます。此事終にはあらわれ、石河五右衛門は京三極河原にて釜にていられたり」

これは「釜にていられたり」という表現で、油のことは明記されていない。この場合の「いる」は高温の鉄板の上にそのまま転がされていた可能性もあるのだった。

文禄初期に、相当数の盗賊が京都の三条河原で処刑されたことはひとまず事実で、そのなかに石川五右衛門という名の盗人の長がいたらしい。実在は確かだが、出自や為人はなにもわからない。「兵士のようななり」というのがいったいどういう格好なのかもわからない。素っ破のような半士半盗だったのかもしれない。戦のあったときには、大名の下で戦に貢献していた武装集団がたくさんいて重宝されていたけれど、その集団は泰平の世になった途端、失職してしまう。生きるために悪の集団へと墜ちてゆくことは実際によくあったことだと思う。戦のときは重宝したくせに泰平になったら即座に切り捨てるというお上の態度を思うと武装集団が可哀想にさえ思えてくるのだった。

天津甘栗とIxicavagoyemon（下）

熱すぎない五右衛門風呂であれば一度は入ってみたいな、と思う。昭和二十年代生まれの父は、子供のころ山間部にあった別荘という名のあばら屋に泊まるたび、大きな五右衛門風呂に入っていたらしい。日が暮れかかったころ薪をくべはじめる。湯気が立ちこめる中、外で木をくべる煙っぽさが、わずかに室内にも漂う。薄暗い中、そっと湯に浸かる。湯の温度は、いつも子供が耐えられるぎりぎりの熱さだったらしい。薪をくべてくれる人に熱いと言ったところで、すぐに湯の熱は下がらない。湯の中で身体を動かすと、よけいに熱く思えるから、そっと体育座りをしてやり過ごすしかない。母もまた、愛知県の田舎の家に行くと、五右衛門風呂で、足を直接釜底につけるとやけどするので、下駄を履いて風呂に浸かったり、湯ぶねに底板が浮いていて、その板の上に身体をのせて湯に沈んだらしい。下駄を履いて風呂に？　火によって温められた湯が、足のほうからじりじりと熱くなる。五右衛門が、水から熱湯にかわるまでのあいだ釜に浸かっていたら、茹で死ぬ前にのぼせて気絶するだろうと、五右衛門風呂体験者の両親は言う。

石川五右衛門が、史書にも名前が登場し、実際に存在していた盗人であったことは前号で触れた。五右衛門が広く知られるようになったのは、彼が「釜煎り」という、きわめて特殊な方法で公開処刑されたことによる。当時の人にとっても、さぞかし不気味な処刑だったのだと思う。

現在は釜茹でとして知られているが、当時の記録では釜煎りと書かれていた。湯ではなく油で揚げる処刑法であったり、天津甘栗のように煎る方法であったり、さまざまではっきりしない。いずれにしても凄惨な最期であることに間違いはない。ただ、公開処刑は庶民のうさばらしでもあったから、当時の江戸社会に身を置いていたら、それを喜んでみていたひとりだったかもしれない。五右衛門の処刑方法が気になって、史実文献をあたっているところからして、私の好奇の内側には、むごいものを知りたい、みたい、という暴力的な欲望が確かにある。

本来「煎」という字には、水分がなくなるまで煮詰める、あるいは、穀物をあぶり焦がす意味があった。人間は、残酷なことを思いつき、またそれをみることを好む一面が確かにあるから、人前で処刑をみせる、そのことに重点を置くのなら、湯の中に放り込むよりも、火を大量に燃して、黒煙の立ちこめる中、少しずつ人間の肉が焼け、焦げてただれてゆくほうが、生から死への移行がゆっくりであるぶん、より残忍で、祭礼としては盛り上がるだろうと思う。もくもくと煙が立ち、三条河原の周辺に、人の肉の焼けるにおいがして、それを人々が、眉をひそめながら、みる。そんなことを思いながら、先日新緑が心地いい鴨川を歩いていて、三条京阪に向かいながら、ふいに恐ろしくなった。その足で散歩をしに出かけた北野天満宮の近くは昔蓮台野と呼ばれた火葬地帯で、いまは住宅街になっている。

鮮烈な処刑法だったために、いち盗賊にすぎなかった石川五右衛門は、フィクションの世界に登場する人物になる。最初に虚構の世界で登場する五右衛門は、松本治太夫の語る浄瑠璃で、五右衛門は武士だったが家督相続に巻き込まれて盗賊になったという設定の、義理人情物だった。浄瑠璃でも、クライマックスは子供とともに処刑されるシーンで、「かまのこげ」となって死ぬ。非常に暗い浄瑠璃で、その話では、みな五右衛門に同情しながら、浄瑠璃を聴いていたのだろう。キャラクターを描く作者によって、いろいろなイメージが付与されてゆくが、私がいちばん好きなのは、井原西鶴の『本朝廿不孝』(ほんちょうにじゅうふこう)の、「我と身を焦がす釜が淵」という作品で、「不孝物」という観念の枠に五右衛門を当てはめているのだが、人間が持っている、エゴイスティックな一面が描かれている。船頭として働いている五右衛門の父親が語り手となって、回想の形で、近江の裕福な農家の生まれの五右衛門のことを語ってゆく。五右衛門は「欲心」という漠然としたほとんど理由らしいものはなにもなく、悪にそまる。悪人になるのに、これといった大義も、因果もないところが、この世の真実だという感じがする。五右衛門は、父親が止めるのも聞かず、両親に縄をかけて、窃盗の上に出奔してしまう。父親は、五右衛門に対して恨みを持っている狼藉者たちからリンチにあい、体中に刀傷を負う。ただ淡々と、五右衛門のはたらいた悪事、処刑の場面へとつづいてゆく。

「七条河原に引き出され、大釜に油を焼立て、これに親子を入れて、煎られにける。その身の熱さを七歳になる子に払ひ、とても遁れぬ今の間なるに、一子を、吾が下に敷きけるを、見し人笑へば、『不憫さに、最期を急ぐ』といへり」

子供に対していっさい情をかけず、子供を釜底にして一秒でも長く生きようと、死から逃れようとする五右衛門のすがたに、はじめて読んだとき衝撃をうけた。これが人間のひとつの本性だと思う。西鶴は五右衛門のきわめてエゴイスティックで、人間的な部分を描いている。語り物ではやった五右衛門の辞世の歌「石川や濱のまさごはつくるとも世にぬす人のたねはたへせじ」を使わないところも、人間的な部分に焦点を置いて書かれていたからだと思う。

歌舞伎の五右衛門で今日でも有名なのは、並木五瓶の『金門五三桐』だと思うが、それには、ふしぎと「釜煎り」の場面はあらわれない。大役者による、にぎにぎしく終わる大団円が好まれるからなのか、語り物ではきかせどころだった処刑シーンも、なくなっている。設定も海原をこえ、大明国宋蘇卿の遺児で、父の仇を討たんがために、忍びの術で真柴久吉(史実では羽柴秀吉)への復讐を企てる。これは、当時上方で好まれていた謀反人劇の流行からきているのだと思うが、五右衛門という人物像は、すっかり華やかな装いになり、大義を持った悪人として舞台に立つ。陰惨なにおいはすっかりぬけている。

歌舞伎座で、桜の散る中、「絶景かな」と声をあげている五右衛門をみると、当時無残に殺されていった、五右衛門に代表された盗人たちのことを、遠くで思う。

書かれた顔

十五年以上前、近所のそばの川沿いには、朽ちかけていた古い家がたくさん建っていた。いまはもう壊したり、改築したりしてあまりみかけないけれど、そのなかでもとりわけきれいだった、一面蔦に覆われている家があった。お化けでもでそうな雰囲気のたたずまいだったのだけれど、そこが和菓子屋になったと母からきいて、すぐ出掛けた。その店は、和菓子を食べるだけではなく、お茶もお酒ものむことができた。昼から夜更けまで営業しているふしぎな店だった。一階の和菓子売り場は壁面が白く明るい空間なのに、二階にあがると、きゅうに仄暗くなる。大きなテーブルに腰掛けて、和菓子とお煎茶を頼む。ひろく放たれた窓からは青葉がよくみえた。青葉が繁りすぎて、光を遮っていた。静かで、一杯のお茶で、二、三時間いてもとがめられることはなかったから、何冊もの本を、その店で読んだ。大学生のころ、はじめて雑誌の書評原稿を書くときも、たしかその喫茶店で書いた。川は暗渠化されていたけれど、ときどき白鷺の親子が川底にいる小魚をつかまえにくる。鷺をみるたびに、坂東玉三郎が踊る、鷺娘が目に浮かんでくる。鷺の精霊が人間に恋をする踊りで、娘にみえたかと思えば、精霊にみえたり、ひとのようなひとではないような、ふしぎな踊りで、最後、真っ白い雪が降るなかで、鷺は血を流し、動かなくなってしまう。何度観ても、胸が苦しくなる。

カバンには、よく、古本屋でまとめて買ったばかりの、箱入り装幀の定式幕の彩色が美しかった『名作歌舞伎全集』が入っていて、その喫茶店でよく読んだ。深蒸し煎茶をのむと、黴臭い全集のにおいも気にならない。頁を開き、紙に触れていると、指のはらが少しだけかゆくなる。紙魚の仕業なのか、気のせいなのか、よくわからない。

いつもお茶を煎れてくれていた髪の毛を高くポニーテールに結った女性が「歌舞伎ですか？」とたずねてくる。彼女と歌舞伎の話とか、読んでいる本の話を、すこしだけするのが好きだった。白いシャツがよく似合うひとで、背が高く、きりっとした雰囲気の彼女が、カウンター越しにお仕事をしているすがたをみていたくて通ってもいた。年上だけれど、そう年齢にひらきはない気もしていた。

そのころ、私は、朝から晩まで、坂東玉三郎のＤＶＤや出演している映画をみては、坂東玉三郎が演じる、折口信夫役を妄想した。折口が「死者の書」を書いているときの心境を映画にして、玉三郎が、書き手の折口と作中人物の中将姫の二役を行ったり来たりする映画や舞台を誰かやってくれないかな、と思っていた。

玉三郎の女方の化粧をふだんから真似したり、玉三郎の着物の着方は竹久夢二の絵のようで、帯から下がすっと長いのに憧れた。『桜姫東文章（さくらひめあずまぶんしょう）』のお姫様が女郎になる場面をみたくて探したり、土手のお六の写真をパソコンに保存して、よくみていた。映画『白痴』でムイシュキン侯爵を演じている男役も好きだった。

歌舞伎役者は、役の化粧をするときに「顔をする」というらしいのだけれど、役の顔が消える瞬間を、ダニエル・シュミットが撮った『書かれた顔』のなかでみた。なんの役かわからないけれど、女方の顔をしている玉三郎が鏡台に座る。コールドクリームを顔に塗布するなり、白粉（おしろい）や紅、眉引きの黒がとけて、美しい女のひとが溶けて、白くとけてのっぺらぼうになる。それを白い布で勢いよく拭き取ると、素顔の玉三郎が鏡に写る。顔が消えるのをみてしまったようで、とても動揺した。映画のなかで、武原はん、大野一雄が舞踏をしているすがたが断片的にあらわれることも鮮烈に覚えている。

夏になると、そのお店は、かき氷を出してくれる。昔ならではの、白富士の描かれたかき氷機が置かれてあった。薄緑色の梅蜜がつやつやにかかったかき氷で、こんもりしているので、匙（さじ）をさすと、はじから氷がこぼれる。昔のかき氷機は、刃の角度が絶妙で新雪のようになる、ときいたことがあったけれど、たしかに雪みたいにやわらかい。青梅の香りと蜂蜜の、甘いような酸っぱいような味がした。ぬめりのある果肉がこまかくのっていて、それが氷といっしょにとける。丈高い夏の雲は、ときどき幽霊のようにみえる。

永遠のさかさま

子供のころに怖かったものはたくさんある。いまとなっては忘れてしまったこともたくさんあるけれどよく覚えているのは通学路を歩くのが怖かった。毎日ではないけれど、ふいに、道路の白い線を踏んでいたのに気づくと、もう白い線以外を歩いちゃいけない気がして、決してアスファルトの黒色に踏み落ちないよう、まっすぐ歩きはじめる。のどかだったはずの道が急におそろしくみえる。白線だけを平均台のように踏んで帰るしかなくなる。歩道にそう白線はないから、一度途切れると、今度は、つぎの白線まで息を止めて歩けば死なない、というルールを思いついてさらに大変な道のりになる。目線をアスファルトに落とすと、おもいのほか、白いチョークで工事のための記号とかが道に書かれていたりして、それを足さきでタッチして、大きく息を吸う。勝手に自分でルールに拘束されて泣きたくなってくる。ほんとうに死ぬわけないと思っているのに、もしかしたらほんとうに死んじゃうかもしれないと思う。

消しゴムに好きなクラスメイトの出席番号を書くのがはやったときは非科学的だなと思って、冷めた視線を送っていた。血液型も、十二星座も、占いを信じなかったのに、自分の想像にたいしては妄信的だった。

通学路はいつも一人で歩いていたから、うっかりすると死のルールを思いだしてしまう。白線だけを踏んで帰る日、反対に、白線だけは踏まない日。マンホールはルール関係なくいつも決して踏まなかった。RPGゲームで穴におちるシーンが怖かったのと、マンホールに人が落ちて死んだ話を誰かにきかされてから、乗ったらさかさまにおちて死んでしまうような気がして、どうしても怖かった。うっかり踏んでしまったとき、足さきの力が抜けて震えたことをよく覚えている。〜しないと死ぬ、と一度思うと、それが呪いになって、郵便ポストやポール、そうした赤いものに十歩歩くごとにタッチしないと、死ぬ。横断歩道は白線だけを踏まないと、死ぬ。汗びっしょりかきながらたった一人、生死をかけた道行をしていた。小学生のときの「死」は、かなり観念的で、肉体的なものが欠落しているからこそ、よけいに怖かった。死ぬ、と思いこめばほんとうに死んじゃいそうだった。想像していた「死」は黒いような、白いような、動物の口のような穴が大きくひらいて待っているような感覚だった。ギリシア神話の絵本で読んだ、毎日鷲に内臓を喰われるプロメテウスの話や、シジフォスの無限の岩運びを繰りかえし父親に聞かされたせいか、その穴の中でずっと起きているというイメージがあった。車道外側線の上を歩くほうがはるかに現実的な死に近いことも、頭ではわかっていた。

スマップの大ファンだった隣のクラスの女の子は、ねえ、ほんとうに死んじゃうんだよとひそみ音で、霊柩車が来たときは必ず親指を隠すよう教えてくれた。通っていた小学校のそばには墓地も病院もあったから、よく、霊柩車が通った。通るたびに、手に持ってみていたスマップの下敷きを脇にはさみ、急いで親指を隠す。私も、迷信でしょ、と思いながらも万が一ほんとうになったら怖いので、その子といっしょに指を隠した。

大人になってから、親指を隠す所作は「親の死に目にあえない」ことをふせぐまじないであったことを知る。「親の死に目」という感覚が小学校低学年にはぴんと来なかったのかもしれない。

霊柩車をみるのは好きだった。白木造りの唐破風や、金細工の装飾に黒くぴかぴかと光る車体。神輿のようなものが車に乗っかっているのがめでたくみえていた。子供用とかの車のプラモデルにはなぜないんだろうか。死が隠されるから余計怖くなってしまうのに。死体が運ばれていることを、誰に知らせながら走るんだろうと思っていた。雨が降ると、霊柩車が濡れないよう、雨よけのカバーをかける。白木や漆塗りの細工に透明なカバーがかかり、ぜんたいが雨滴に濡れて光っている。それがとても美しいと思って、傘をさしたまま、ぼーっとながめていた。霊柩車が通りすぎると、何事もなかったように女の子は脇に挟んでいた下敷きを再び手に持って、私に、スマップのメンバーの顔と名前を覚えるよう命じる。何度教えてもらってもいっこうに覚えられず、下敷きが新しいものに替わると、全員違う面立ちにみえた。この人誰でしょう、は幾たびも繰りかえされる。

地下鉄の駅について、クラスメイトとべつべつの路線に乗る。ホームの白々とした光の中、ひとりになると、ほっとした。駅の中にマンホールはないし、いちように同じタイルの床であることも心地よかった。

花道にあるスッポンの切穴が、幽霊や精霊、忍術使い、〝ふつうの人〟からはみ出たものだけが出入りできる場所を知って、自分がマンホールに対して思っていた不安はこういう感じだったと思いだした。マンホールを幽霊や異形の出入りする場所だと思っていた。『生きている小平次』の小平次が出入りするのも、『伽羅先代萩（めいぼくせんだいはぎ）』の仁木弾正（にっきだんじょう）が忍術で消えるように、マンホールに乗ったらどこかに飛ばされてしまいそうな気がする。

道端にある鉄製の縦孔（たてあな）の、下の道を想像する。道の下にはなにがあるのか。想像すると、いつもお腹のあたりが急に寒くなる。三十歳になった現在でも、マンホールを踏むことに、ためらいがのこっている。

いまでもヒールがひっかかるのでマンホールはあまり踏まないようにしている。マンホールの上に立っていると、分厚い鉄の蓋が抜けて、さかさまに落ちていってしまうのではないか、とふと思う。浮世絵にある、提灯抜けをしてさかさまに落ちてくる『東海道四谷怪談』のお岩さんのように、マンホールの底へと、自分がさかさまに落ちてゆく。落ちている私は黒いランドセルを背負っていて金具がはずれて、筆箱、鉛筆、たてぶえ、教科書が、ばらばらといっしょに落ちてゆく。底につけば死ぬ。いっそはやく底についてほしいと思うのに、ずっと落ちている。

しゃっくりり、、

雲母(うんも)、瑪瑙(めのう)、石英(せきえい)、透明方解石(ほうかいせき)、紫水晶、標本に記載された鉱物の名を何度もくちにする。学校から帰るとランドセルを投げるようにベッドに置いて、小遣いをためて買った鉱物標本の上蓋をそっとひらいて、真綿のうえの石をながめる。

渋谷にあった五島プラネタリウムの帰りに立ち寄った本屋か、上野の科学博物館のみやげものやでだったか。偶然、鉱物標本をみかけた。鉱物の図鑑は持っていたが、実物をみたのはそれがはじめてだった。買えるものであることをそれまで知らなかった。はじめは二十種類くらいの標本しか買えなかったけれど、買い求めた日は、おやつも食べずに地べたに寝転がって、標本をずーっとながめていた。ながめるだけではあきたらず、石に触れてみる。においをかいだり、光を通したり、虫眼鏡でのぞいたり、くちのなかにふくんだりした。げんこつあめのような岩石をくちのなかにふくんでいると、きまって怒られたので、私室でこっそり食べた。鉱物採集の熱は冷めず、翌年にはミネラルフェアに出かけて、岩石と鉱物がおさめられていた百種類くらいの箱を買った。理科の授業で顕微鏡を使う日に、ポケットにこっそり鉱物を持ち運んでいって、葉脈のスケッチもそこそこに、蛍石の原石をのぞきこむ。

　宮沢賢治は鉱物の採集に熱中して「石っこ賢さん」と周囲から呼ばれていた。宮沢賢治のその愛称を踏襲して家族のあいだでは「石っこまりさん」と私も呼ばれた。賢治のように、北上川の川原に出かけて、たくさんの鉱物を採集してみたかったが、私の家の周辺はアスファルトと暗渠しかなく、鉱物は標本で触れることしかできなかった。

　私がもっとも惹かれていたのは雲母だった。極めてありきたりな造岩鉱物なので、どんな安値の標本にも雲母は入っていた。名前も好きだった。雲母という漢字も、和名の「きら」「きらら」という響きにも惹かれた。『忠臣蔵』の吉良上野介（きらこうずけのすけ）の吉良は、八ツ面（おもて）

山に産した雲母（きら）からくる。雲母の産地の名字なのだった。宮沢賢治の鉱物をめぐる短篇に『楢ノ木大学士の野宿』という作品があって、中学生のころはそれを繰りかえし読んでいた。宝石学を専門とする楢ノ木大学士の家は「雲母紙を張った天井」で、私も、部屋を改装するときはぜひ雲母紙にしたいものだと思っていた。

　雲母紙の夢をかかえながら、水玉模様の壁紙の私室で、標本からそっと黒雲母の薄い破片をとり出す。黒雲母に懐中電灯をあてると、ガラス乾板にうつった黒眼銀河のようにみえた。地球のうちに、花崗岩のなかに、銀河がある。真綿からとり出すときに、力をいれずとも雲母は脆いのでたやすくわれる。ほかの石よりも慎重に扱わなければいけなかった。雲母にもっと近づきたくて、しきりに舌先で舐（な）めてみる。舐めるだけでは近づけない気がして、雲母をひとくち齧（かじ）る。雲母は脆いからくちのなかで砕ける。ゴーフレットよりも脆い。細かく歯ですりつぶして思わず飲み込んでしまった。舌はすこしだけちくちくした。夕食時になって、自分のしたことがとんでもない悪行だったように思えて、食事が喉を通らなかった。なめこの味噌汁が食卓に出ていて、蕈（きのこ）の粘り気で雲母が覆われるよう、それだけはおかわりをして飲みほした。やめたほうがいいとわかっていても、どうしても雲母を齧ることがやめられなかった。

中国では雲母が長生薬のひとつとされていたことを大人になってから知った。白居易も、雲母の粉末を匙で飲んでいる。遺体を雲母でくるむと腐敗しない、という伝説もある。私もほんのすこしだけ長命になっているのかもしれない。舌で、雲母の先端を舐めつづけたせいか、私の舌先は、ほんのすこしだけだが、ふたまたにわかれている。鉱物を食べることは家族のあいだで禁じられていたので、雲母を食べられないかわりに、鉱物っぽい雰囲気があるということで、サクマドロップスはいくらでも食べてよかった。薄荷(はっか)や葡萄色の飴を鋭利になるまで舐めてとかし、くちから一度出して、雲母だと見立てて、齧った。ドロップスでも何度も舌先を切ったから、ドロップスのせいで舌が裂けてしまったのかもしれない。いまだに家族には舌がふたまたになっていることを告白できずにいる。

標本箱には、薄い板状の雲母が二枚しかおさめられていなかった。すこしずつ齧って小さくなってゆく雲母を、後悔とともに真綿のうえにそっと戻す。

一度だけ、雲母の夢をみたことがある。落葉した並木道を歩いていると、落葉が雲母になっている。ああ、落葉樹は雲母になるのかと思いながら、裸足の足のうらでぞんぶんに雲母を踏みしだく。雲母は「しゃっくりり、、」という踏み音がした。耳で聞こえたのではなく、文字の記憶として残っている。いまもまだ、足うらが雲母を踏む感覚を覚えている。

小学生のときに一度だけみた夢の話を、インタビューでしたことがきっかけで、音楽家の小島ケイタニーラブさんが、雲母を踏んでみたらいいと、薄くとうめいに剝がした白雲母をたくさんくださった。六角形の板状結晶がぎっしりタオルをいれておく箱につまっていた。真珠のような光沢でまぶしい。鱗のようにもみえる。分厚いままの白雲母は、紙を束ねたようにもみえる。やわらかな石だから、カッターでいくらでも薄く剝がすことができる。手でむいてゆくこともできた。むいてゆく、雲母の粉末が身体中につ いて、衣服が光る。眼球に入ると涙も光っていた。中国では、雲は岩石の精気が立ち昇って凝集したものだと考えたから「雲母」という字があてられたことを思い出す。これほど細かい粒子になるのなら、これを雲と思うのも当然のことのように思えた。微細に砕くとミネラルファンデーションの成分にもなる。私は身体中が雲母の粉まみれになりながら、えんえん白雲母をむいていた。ふたまたにわかれた舌先がひりひりしていた。もう踏みしだくのにじゅうぶんなほど雲母をひきはがして床に置いてみたが、どうしても雲母を踏む気持ちになれなかった。夢の感触が現実と違うことはわかっていて、その違いを知ることになんの意味があるのか。かつてみた夢に会いにゆくのはやめた。とっさに雲母を手でつかみ、空にむかって投げる。雲母はゆっくり降り落ちる。たしかに雲の素だと思った。眼にもくちにも雲母がささる。かまわず何度も空に投げる。

電信

雨の降る日や、太ももが赤くなるくらい寒い日の早朝のホームに立っていると、時折、電車が通るときに、パンタグラフから火花が散る。アーク放電、という言葉だった気がする。火花は唐突に起きるから、いつもみることからちょっと遅れてしまう。

高校三年生のころ、授業で芥川龍之介の『或阿呆の一生』を読んでいた。友達みんなすこし芥川に同調して病んだ。病みまくっている芥川に気持ちを寄せることで何故か元気をとり戻す級友もいた。十代の人の心にどっと入りこんでくる芥川ってすごいなといまとなっては思う。高校をやめてどこかに行きたい！　と言って友達と泣きながら抱き合ったりした。断章形式で続いてゆくなかに、架空線の「紫いろの火花」のことが書かれてあった。「凄まじい空中の火花だけは命と取り換へてもつかまへたかつた」と、芥川自身とおぼしき人が述懐する。十代の私はその言葉に寄り添うように、中目黒駅のプラットホームで放電を待っていた。プラスチック製の椅子に腰掛ける。尻が冷えるから座ってもすぐに立ち上がることになる。寒いのでよく飛び跳ねて待った。ルーズソックスがまだかろうじて流行っていたころで、私は極めてシンプルな白か紺色のハイソックスをはくことを好んでいたのだが、真冬に限ってはハイソックスの上から、スーパールーズと称されたゆうに一八〇センチはあるソックスを本来たるませてはくのを膝上まで伸ばしてはいた。あったかい気がするからだ。ただルーズソックスは糸の目があらいのでほんとうはそんなにあたたかくはない。学校に行くことに抵抗があったわけでもないのに、もう一本、もう一本、と電車を見送って放電を待つ。放電を待っていることに恍惚も得ていた。火花は「紫いろ」としてみえることはなかった。

景観を乱すといわれる醜怪な電線も、私はわりと好きだ。電信柱から線がのびて絡み合いながら町にはりめぐらされた線と、木造建築の取り合わせなんて情緒がある。この景色で生まれ育った私は、親しんでいる。

　豊原国周の描いた開化絵のなかのひとつには、四世中村芝翫演じる石川五右衛門の役者絵の背後に、電信柱が描かれてあった。開化期の五右衛門は、明国の実父が真柴久吉に討たれたことを電信機によって知るらしい。電線が通う前は密書を運ぶのはもっぱら鷹だったが、鳥のかわりに電信が描かれるという洒落になっている。電信線は明治二年に、東京－横浜間を通る。架空線が頭上を走るようになって約百五十年経った。

　川沿いの架空線の上には、何羽もの雀が止まる。秋が深まると、羽をふくらませて、寒雀になる。それがまたまるい音符にみえる。ぽんぽんにふくれた雀をみて、鼻の穴も耳も痛いくらいに寒いなか歩いていると、川沿いの電灯の白さが、いつもよりさびしくみえたりする。

　電気のなかった時代のことを、私は二〇一一年の原子力発電所の事故が起きるまで、あまり考えたことがなかった。手回しの蓄音機をはじめて聴いたとき、音楽は電気の力がなくても再生できることを、知識では知っていても、聴いて驚いた。ＳＰレコード好きのいしいしんじさんか湯浅学さんがきかせてくれた。革張りのちいさな箱をひらき、ハンドルをまわす。電気を介さず回転する音楽は針の力強さで聴く人の耳に届く。「生」の音だと思えた。きいたのはエルビス・プレスリーの「Blue Moon」だった。瀬戸内海の小さな島の十畳間にプレスリーの喉の震えがそのまま家屋の振動になっていた。

かつて和蠟燭をつかっていた歌舞伎座にはじめて電気が通ったのは、明治二十二年。照明で照りはえた下の役者しか私はしらない。いま私たちがみている衣裳とはきっと色が違う。蠟燭だと錦糸はゆらゆらと濡れたように光ったのではないか、色が鮮やかなのも刺繡が細かいのも、光が均一ではないことが余計きれいにみせたかもしれない。影が濃いと血のりもよりそれとしてみえていたのではないか。スッポンの穴ももっと黒くみえたかもしれない。いまの歌舞伎座は、すっかり影がなくなり、奇妙な明るさがある。均一に明るいから、影がない。平面的にみえる。人間には本来どうしても影ができるはずなのに、板の上の人には影ができない。そのせいか絵が動いているようにみえる。江戸時代よりも、もしかしたらいまのほうが、歌舞伎の平面さは錦絵に近づいているかもしれない。電気によって、過去の絵に三次元が近づいてゆくとしたらおもしろい。

先日、京都の寺町通で磯田道史さんと古文書屋をのぞいていた。黴くさいダンボール箱に、たくさんの短冊がしまわれている。匿名の人々の声が、そこに蓄積している。一枚ずつつみてゆくと、のっぺらぼうだった匿名の人たちのやわらかな部分、声や相貌、心の動きが、文字からたちあらわれる。そのなかに「電信機」という題詠の和歌の短冊があった。電信機が日本に伝来するのは、ペリーが来航したときで、その際幕府に献上したらしい。その短冊は幕末から明治初期にかけてのものだろうと、磯田さんが教えてくれる。ほかの短冊には、入営を祝したり、古希を祝したり、義士を仰慕したり、そうした題の多いなかで、「電信機」と大きく題詠が書かれている短冊には、詠んだ人の気持ちが残っていた。

「たよりなき海の千里の外までもおもふこころのかよふなりけり」。尊政、という人が詠んだらしい。男の人だろうか。五右衛門が使っていた密書を運ぶ鷹ではないが、それまでの日本の通信概念を、電信機は覆す。文書は船で海を渡っていたが、電信機さえあれば、トンツーと、思いが、いっしゅんで、海をこえる。福沢諭吉も「電信あれば即日に世界の消息を聞く」ことができるのだと感嘆した。尊政さんは、いったい何歳くらいの人だったのか。幕末を生きた、初老のすがたがみえる気がする。

約百五十年の時を経て、尊政さんと私は、埃っぽい手のかゆくなるダンボール箱に埋もれていた短冊の束のなかで繋がった。電力という技術によって人間のコミュニケーションが飛躍的に変わったときの人の気持ちがよくわかる。それが和歌として残り、尊政さんの体は消えて、いったいどんな人だったのかも消えていったけれど、彼の心は、紙にずっと残っている。

お調子者のおまいり

秋祭りの日に神社に出かける。五歳くらいだったか。子供用の兵児帯(へこおび)が金魚の尾鰭(おびれ)のように揺れるのがうれしくてわざと身をよじらせる。母のうっかりで浴衣の前あわせが死装束仕様になっていたことにも気づかず、ふらふら父と手を繋いで歩いた。商店街のおばさんに呼びとめられて、その場で直してもらった。妻に先立たれた男とその娘、となぜか断定されて、前あわせを直されたことをよく覚えている。神社に近づくとほの暗い道になる。民宿、と書かれたボロ看板もみえる。その民宿に明かりがついていたことは一度もない。

神社の境内にはささやかな出店が並び、それを父とみてまわった。綿飴を楽しみにしていたが、機械のスイッチは切れていて、たいていつくり置きのものしかなかった。綿飴という食べものは、割り箸で砂糖の糸をからめとってふわふわの球をつくりあげる過程をみるのがいちばん楽しくて、つくり置きのものであってはなんの意味もない。綿飴機はすでにカバーがかけられ、汗だくの男が猫背で缶ビールを飲んでいる。しかたなくスーパーボールをすくい、焼きそばを食べ、射的をする。帰りしな、やっぱり綿飴が欲しくなって、ひみつのアッコちゃんか、セーラームーンの包装ビニールにつつまれた綿飴をねだる。フランクフルトをうれしそうにほおばっている父が綿飴を買って渡してくれる。父は子供のころ駄菓子のいっさいを禁じられて育った反動でか、娘にはとかく甘かった。帰り道に、包装ビニールをひきはがして一口舐める。冷えて固まった綿球が乳歯にへばりつく。熱された砂糖のふわふわした香りもすでにしぼんでいた。べとついた甘さに閉口する。そもそも甘いものが好きではなかったことを食べてから思い出し、可愛いと思っていた包装ビニールのピンク色も砂糖まみれでべとついていてかざることもできず、結局、おおきなポリバケツのなかに棄てることになる。

祭りの帰り道に大きな寺を横切る。荒廃しているわけではなくむしろきれいな境内なのだけど、人が誰もいない。

寺に人がいるのは葬式のときだった。小学校から帰るとき、最寄り駅に降り立つと、看板を持った喪服すがたの男が立っていて、今宵通夜のあることを知る。コインロッカーに荷物をつめて急ぎ足で葬儀場にむかう女性、うずくまって不祝儀袋に札をいれる人が駅にたまにいる。弔われる家の名前が墨で書かれてある。名字が書かれた提灯を手に数珠を手首に巻いた初老の男が道端に立っている。雨の日には、墨の字が濡れないよう、ビニールで覆われた立て看板が、四つ角に立つ。月に何度かその看板をみた。焼香を終えて駅に戻る人々は、白いハンカチを片手に、おしゃべりをして歩く。寺はかわらずひっそりしている。寺のすぐ脇にも、葬式の業者の青年が、同じ姿勢でいることが辛いのか、退屈そうな顔で足を組み替えながら立っている。いろいろな名前の人が死んでゆく。そう思いながら家に帰る。

お寺にはじめておまいりをしたのは、大学生の夏だった。最初は坂の上にある祐天寺

にむかっていた。歌舞伎に関心を寄せはじめていたころで、鶴屋南北の作品にも登場する祐天上人の寺に寄ってみようと思って、出かけた。『江戸名所図会』にも祐天寺は載っているから、それを持って、ながめながら境内を歩いた。十五世市村羽左衛門や六世尾上梅幸らが建立した「累塚」に手をあわせる。「累物」を上演するときには必ず祐天寺に参詣するから、卒塔婆にはたくさんの役者の名前が書かれてあった。それを漫然とみつめ、蚊にくわれた臑をかきながら、坂を下りてゆき、ガソリンスタンドのわきにある見慣れた正覚寺の前を通った。なんとなくおじゃましてみる気になって、そっと門をくぐった。

　その日もまた人の気配はなく、ひっそりしていた。蟬がしきりに鳴くなか、境内を歩く。二十数年間通っていてはじめて門をくぐると思う。境内は思った以上に広く、鬼子母神堂に手をあわせた。振り返って鐘楼をみたときに、見覚えのある銅像があった。裲襠すがたの毅然とした女の人で、どうみてもそれは『伽羅先代萩』の政岡にしかみえない。近づいてみると、政岡のモデルになったとされている伊達藩四代藩主・綱村の母、三沢初子の銅像だと立て看板を読んで知った。なぜその人が江戸のはずれの鄙（ひな）の地にまつられているのかよくわからなかった。歌舞伎をみていなかったら、きっと銅像の前を素通りしただろうと思った。政岡は毅然とした表情で前をみているので、思わずお辞儀をした。

大学院入試の祈願は、正覚寺でお祈りした。御礼参りのとき、政岡の銅像にも深々お辞儀をした。両親は、私の文学賞の選考会の前には、正覚寺にもお参りをしてきた、と言っていた。それまで寺院の前を素通りしていたのに調子のいい家族だ。

大晦日の夜、除夜の鐘がきこえると、正覚寺のことを思うようになった。夜更けまで起きていることが苦手な私は、こたつの中ではやく十二時が来ないかと半眼で待っている。除夜の鐘が鳴る。初詣には眠いのでいかず、鐘を打つ音が聞こえると、すぐ眠りに着く。真夜中に、ぽんぽんに厚着をして、神社とお寺、両方の初詣に一度は行ってみたいと思いつつ、毎年ぐーすか眠っている。

雪と墨

父と二人で海辺を歩いている。父は平らになった石を探して手にとると、すばやく海面にむかって石をきる。私も真似てやってみるけれど父がやるようにできない。ふたつもつづかずボチャンと沈む。父が投げると石が生きものになって何度も海上を跳ねる。トビウオみたいにみえた。

正月はいつまでも一日が終わらない。途方もなく、長かった。なにもすることがないので、仕方なく父子いれかわりで石をきる。トンビがゆっくり飛んでいる。旋回するさまを、しばしみあげる。餌をやりたいが、あいにくなにももってきてはいない。かまぼこをちぎって空高く投げると、遠くにいたトンビが驚くような速度でそれをとらえるのがみたくて昔はよく遊んでいた。

凧でもあげようと家から持ってきていたけれど肝心の風が吹かない。坂田金時の描かれた彩色のあざやかな絵凧をあげようとして父に走ってもらうが、うまくいかない。凧をひきずって波打ち際を走ったから凧は濡れてしまった。仕方なく、ふたたび石を拾う。石きりは海水が寒い季節ならではの海とのふれあいかただった。石が何度も海面を跳ねるとそれがトビウオのようにみえる。

海辺に、人らしい人はいなかった。老犬と散歩する人とすれちがうばかりで、陽気がいいのに、みな家にいるらしかった、しんとして、海ばかり光っている。さっき鶏雑煮を食べたばかりなのに、もうおなかがすいている。

ほっぺたを紅潮させて、あとをついてくる小さな女の子がいる。いとこのりよちゃんだった。スキー、クリスマス、正月、冬になるたび彼女と遊んだ。私はりよちゃんにいいところをみせようと、りよちゃんがあらわれると、なにかと年長者ぶった。ふり返るとただのえらそうなやつだったと思うのだが、りよちゃんはとにかく人がいいので、きらきらした目で、私のことをほめてくれる。石きりに失敗しても、おねーちゃまがんばってー！　と笑顔で言ってくれる。とにかく気立てがいい。

りよちゃんと私は羽子板で遊んだりもしたが、りよちゃんは幼すぎ、私はりよちゃんをカバーできるほど運動神経がいいわけではないので羽子板はラリーにならない。りよちゃんは目がどんぐりのようにまるくてうるみがちで、いつもにこにこしている。気性の荒い私とちがっておっとりと優雅だった。お菓子づくりが好きで、クッキーとチョコレートのお菓子の家がクリスマスになると飾られてあった。ふたりになると、いつもお姫さまごっこをした。

ごっこ遊びも正月のけだるさにはかなわず、しだいにあきてくる。石きり、凧あげ、羽子板、カルタ、おえかき、思いつくかぎりの遊びをしても全然時間が過ぎてゆかない。遊び疲れて、というよりも、遊ぶことで時間が流れるのをやりすごしたことに疲れて、なにか食べものをもらおうと、台所にはいる。台所の神様を休める、ということでおせちを食べるはずが、家の台所は正月も来客も多かったから、みな忙（せわ）しなく動きまわっていた。大人は忙しそうでうらやましい、と思っていた。

台所では、父が子供のころから料理をつくってくれていたミキさんが主で、テレビの前にどんと座って、駅伝をみながら、鯛の小骨をピンセットでとっている。私はそれをじっとみていた。なにか食べたくて磯辺焼きをつくってもらって、駅伝に興味はないけれど、ただひたすら人が走り続ける映像をみながら、ミキさんの隣で食べた。私の関心はミキさんの動作のほうにあった。ミキさんの目はテレビ画面と鯛の身とをすばやく往復させ細い骨をぬいて皿にとる。すさまじい速さでえりわける。何十年とくりかえした人にしか到達できない無駄のない動きだった。今夜は鯛飯ですよ、と言われる。あれだけ好きだった鯛飯の味も、時が経って味のあんばいを忘れてしまった。ミキさんの足に大きな血管がくもの巣のようにはりめぐらされた静脈瘤があったことはよく覚えている。ミキさんは割烹着のポケットにおもちゃをしまっていて、甘えに行くと、手づくりの親指にはめて遊ぶビーズ人形を渡してくれた。父も子供のころからミキさんといっしょだったから父の足に静脈瘤があるのは、ミキさんの足からの遺伝だと小さいころは思っていた。ミキさんと父は血縁関係はないけれど、私は子供で遺伝の意味を知らず、いっしょに長くいると、同じ病になると思っていた。そして私はなぜかいつか自分の足にもくもの巣ができると確信していた。それは嫌なことではなかった。いま私の右足には大きな静脈瘤ができている。ミキさんもできていたしね、といまだに思う。そしてなぜかちょっと嬉しくなる。みんなミキさんがいつまでもいると思っていてだれもレシピをきかなかったから、彼女がつくってくれた料理のほとんどを継げなかった。ミキさんはどこかの大使館にも昔いた人で、だからいろんな国の料理を知っていた。鯛飯を再現するたび、この味は近いような近くないような、と家族で悩む。母がいちばん味を記憶しているけれど、毎回つくるたびに、ミキさんにきいておけばよかったね、とほぐした身を箸でつつきながら話す。たぶん、ミキさんはもうこの世にいない。でも、死の知らせがこないから一二〇歳くらいで達者なのかもしれないとも思う。

駅伝のうつる小さなテレビで、歌舞伎が流れていたこともあった。ミキさんは戦後すぐユネスコの仕事でフランスに行くことになった祖父母といっしょに渡仏して、フランス語がまったくわからないまま毎日市場で買いものをし、すさまじいはやさでフランス語を覚えたときいた。すごい人だ。

凧も、とんび、いか、てんばた、いろいろな呼称のあることをミキさんから教わった。鳥の模様や赤いいろんな凧が近所のお店に売っていたけれど、赤い隈取の坂田金時がいちばん好きだった。いか、のほうが、平たいフォルムなのだから、たこ、よりも適当なことばのような気がしていた。

ミキさんの後をついてまわっているうちに夜が来て、おせちと鯛飯、雑煮。食べられるだけ食べてりよちゃんといっしょに眠った。また明日もお正月だと思うと退屈だな、と思う。退屈すぎるとさびしくなる。鯛飯を食べていても、ミキさんといても、お年玉をもらっても、楽しいのに、嬉しいのに、毎日楽しいことばかりなのに、なにか無性にさびしかった。

鬼を待つ

眠気覚ましのからし餅を噛みながら、鬼がくるのを待っていた。こしょうがたっぷり塗ってあって、目にしみるし舌もひりひりするけれど眠いのはとれない。

三年前の節分のころ、大分県国東（くにさき）半島にいた。国東の夜は電灯も少なくておもてに出ると、鬼より先に闇にのまれそうになる。大きな家の中で、たくさんの知らない人々にまじって、鬼を待っていた。からし餅を食べ終えてもこたつがぬくくて意識がもうろうとしていた。広間には都合三十人ほどの人が出入りしていて、どうして私がいるのか特にきかれず、みんな遠縁の誰かなんだろうと思っていたのかもしれなかった。

れんたろうくんが、こたつの向かいに座っている。肌の浅黒い、ドジョウに似た少年。

いっしょに作品をつくっていた飴屋法水さんが墓石をのぞいていたときに、このあたりはマムシが出るから危ないですよ、と墓場で声をかけてくれて、仲良くなった。飴屋さん一家と、れんたろうくんと、その弟、二人のおかあさん以外、知っている人はいない。それでも、人の家のこたつとは思えないくらい居心地がよくずっと座って、食べたりのんだりして鬼を待った。れんたろうくんは洋なし味のチューハイらしきものを飲んでいるが、彼はたしかまだ中学三年生だったのではないか。眠たいからチューハイにみえているだけなのかもしれない。彼はぐびぐび飲みほしてゆく。

鬼は来ない。えんえん来ないので、周囲の人たちの酔いもまわってきている。この地方の鬼は、『紅葉狩』のような鬼ではないらしい。鬼さんまだかなぁ、と言いながら火鉢でこんにゃくや芋をあぶっては食べる。ビールに日本酒、酒がどんどん運ばれてくる。鯛やはまちのお造り、ぜんまいやわらびの煮つけ、いなり寿司、ごぼうやにんじんを煮ふくめて大葉で巻いた精進巻き寿司、自然薯入りの手打ちそば。こんにゃく、豆腐がいろりの網の上にのっている。大皿から好きなだけいただく。腹がふくれきって、さらに、眠たくなる。

　オニはヨー、ライショはヨー、

鬼の声。道の向こうから、少し暢気（のんき）な声が聞こえる。松明（たいまつ）を片手に、鬼と、白い法被（はっぴ）とはちまきに「鬼」の字を印した介錯人が門前におとずれる。

鬼さんだ鬼さん、来た来たとみながくちぐちによろこんで、縁側に出る。鬼の手にかかげられた大きな松明の火がまぶしい。鬼が白い息を吐いて、かけ声とともに、松明をくりかえし地面に打ちつける。土地をかためたり、きよめたりする所作なのかもしれなかった。火花が散り、灰がおちて、地面に丸いあばたもようがいくつもできる。庭をひとめぐりして、縁側から直接、家の中に入ってくる。

　こちらへと仏壇に鬼が案内されている。おどかすようなそぶりはいっさいなく、家の人々も、待ちかねていたようすで、丁重にお辞儀する。仏壇に座り、合掌する、鬼さん。

こたつにいたはずのれんたろうくんのすがたがみえなくなったと思うと、彼は鬼さんのうしろにすっとついて座っていた。鬼がれんたろうくんに触れて、軽く叩く。おかあさんが「今年受験なんです」とちいさい声でいう。鬼は無言で頷く。何人かの人が叩いてもらっている。それをしずかに見守っている。それが終わると、杯にお酒をつぎ、ごちそうでいっぱいの膳の前に座るよう、人々がうながす。鬼と人とが挨拶を交わし、酒宴がはじまる。

私がみているのは一夜続く火祭りの「修正鬼会」という伝統行事で、岩屋の中で身体中に縄を結い巡らせた僧が面をつけて鬼になる。介錯人をひきつれ、鬼たちが家々を祝福しにめぐる。そのうちの一軒が、れんたろうくんの家だった。鬼を待っているあいだもじゅうぶん飲み食いしたのに、さらににぎやかになってみな鬼さんと飲んでいる。

れんたろうくんの家に座っている鬼は、絵本でみるような、でべそでも赤肌でもない。棍棒ももっていない。『紅葉狩』のような茶色い隈を取ることも当然ない。「修正鬼会」の鬼さんはかつて人であった魂の集合体のような存在で祖霊、仏の化身、福をもたらす存在、としてみんな迎えている。国東半島の鬼のほうが、本来の鬼のすがたであるように思えていた。

親戚の人たちが鬼さんに酒をつぐ。鬼さんはくちをつける。何軒もまわって来たはずなのに、へべれけにならないことに感心していると、鬼さんは、さりげなく酒を机の下に置いた皿に落としていた。こたつに寝転がって、遠くで鬼さんが飲み食いするのをながめる。

仏壇のそばの壁の高い場所に、れんたろうくんの曾祖父母と、少し若い男性の遺影が、かざられてあった。その人たちが鬼さんとして帰ってきているのかもしれなかった。

私も鬼さんから酒をいただいた。くちをつけたとたんあっけなくお酒がまわり、居間の隅のこたつに横たわった。れんたろうくんも横であごを卓にのせてテレビをみはじめる。れんたろうくんと私はことばをほとんど交わすことはない。とくに話すことはないからだ。私は頭がくらくらしてしばし目をつむる。れんたろうくんも気づけば半眼になっている。顔は赤黒くなっている。チューハイらしきもののせいじゃないかと思うが、れんちゃんはもう一杯プシュッと缶をあけていた。眠ることが好きだ、とれんたろうくんは言っていた。一日半、ずっと眠りつづけたこともあるらしい。私も同じだ。
からし餅が焼けたらしくてふたたびまわってくる。手に持ったまま、くちに運ぶこともできずそれを持ったまま目をつむってしまう。だめだめ、起きていよう、と思うのだけれど、鬼が帰ると飴屋さんたちに知らされて、それまで自分が眠っていることを知る。
オニはヨー、ライショはヨー、
鬼がつぎの家をめぐりに、かけ声をあげながら、去って行く。謡が心地良く響いて、ぴしぴし火の音がつづきながら田んぼの向こうへと鬼がでかけてゆく。ライショは来世のことかと思いながら聞いていた。鬼から僧侶へともどる儀式が終わったのは午前四時過ぎだった。二人いた鬼さんの一人はアルコールをのみすぎたのか吐きながら参道を歩いていた。おろろろろ、と吐いていた。鬼も吐く。おしょうさん、もう少しですよー！と声をかけられ、すでに鬼さんは人に戻りつつあった。鬼さんは何時間も縄でぐるぐる巻きになっていて大丈夫なんだろうか。鬼さんのあとを追って階段をのぼって境内についた。れんたろうくんは、眠ってしまったのか、お寺にはいなかった。毎年最後までみたいと思っているのに、彼はいつも寝てしまう。

誰かの夢

六本木のホテルの一角を歩いていると、グレーの幾何学模様のタイルのお店がみえた。ガラス越しにのぞくと壁面に大きな手書きの地図がかかっていて、それがどんな場所なのか知りたくて入店した。ブエノスアイレスのフレグランスメーカーだった。

お店の壁一面に描かれていた土地はパタゴニアで、整然と並ぶ二十八種類の香水には、それぞれ、パタゴニアや南米で採取された植物由来の香料がつかわれている。香水壜のうえには丸底フラスコが逆さかさに被(かぶ)さり、丸底の球面が光っていた。香水を試すときにふつうのお店は香りを試香紙にのせるけれど、そこではフラスコに鼻を近づけるらしい。

紙や埃の焦(こ)げた甘い香りのする「バベルの図書館」、自然科学者のチャールズ・ダーウィンの名を冠した「ダーウィン」、ダーウィンが旅をした船名の「ビーグル」、「アルギィエン・スエニャ」というボトルに私はいちばんひかれた。誰かの夢、という意味の香水でフラスコの香りを嗅ぐよりさきに名前に魅了された。店員さんが胸の内側にひとふきしてくれる。思いきり香りを吸いすぎて咳がでた。イランイラン、パチョリ、カシスの香りが煙みたいにただよう。『千夜一夜物語』からきているのだと教えてもらった。肌にのせると、言葉を糸のようにつむいで物語をつないでゆく女性の声がきこえる気がした。

ボルヘスが編纂（へんさん）した『千夜一夜物語』をはじめて読んだのは、真夏の宮古島だった。熱風をあびながら昼には御嶽（うたき）をみてまわり、夕刻になると『バベルの図書館』シリーズをひらいていた。気温が高いのかじぶんの体が火照っているのかよくわからないまま冷房のきいたベッドの上で、火の雨が降るなか貯水タンクで毒薬を飲む男の話を読んだ。ルゴーネスという人の作品でいまもくり返し読んでいる。『バベルの図書館』シリーズの中には、『千夜一夜物語』のガラン版とバートン版が両方収録されていた。その沖縄の夜が、ラベルのむこうから蘇る。

香水を探すのは中古レコード屋に立ってレコードジャケットをみているのに似ている。試聴せずに手に入れるジャケ買いという言葉があるように香りより香水の名付けにひかれて試したりもせず、買ってしまうことがある。

はじめて香水がきれいだと思ったのは、祖母の鏡台にあった、シャネルやゲランの壜の中の液体が琥珀色をしていたことで、こっそりなめてみたいと思っていた。英国製のアイリスの香りのする紙おしろいが祖母がこの世からいなくなってからもずっと鏡台のなかにあって、いつまでも、粉っぽい石けんのような香りは変わらなかった。

私がはじめて香りらしいものをつけたのは、文具屋で買った紙せっけんだと思う。それをハンカチやスカートのポケットにはさむと、つかうときに柔らかい香りがする。桜の花びらの形をしていたり、ハート型だったりして、透けているのがきれいだった。中学生になったら、輸入雑貨店で買い求めた、せっけんやムスクの香りのするスプレーを太ももや手首につけていた。いま思えば何プッシュもしていたから、つけすぎでかなり臭かったのではないかと思う。

　家族の洗面所の台には背の高い細身のガラス壜があった。「バンブー」とふせんにはみだしそうな大きさで書かれ、セロハンテープで無造作にとめてある。それがアルベールというフランス人の大叔父の調香した香水であったことを知ったのは、ずいぶん後になってからだった。あのぎこちないカタカナは彼の字だったのかもしれない。一度、夜にとんこつラーメンを食べようと家族で出かけた日があった。父はＴシャツが生乾きの臭いを発していることに気づき、着がえればよかったのにそれが面倒だったのか、ふだん使っていないアルベールの香水をＴシャツにふきかけた。ラーメン屋に入ってきたときから父のにおいはすさまじく、それとラーメンの油脂のとりあわせが悪かったのか、家に帰って、母と私は、盛大に吐いた。その後、父が香水をつけているのをみたことはない。

　アルベールは大手化粧品メーカーで調香師をしていた。いまであれば、きいてみたいことがたくさんあるけれど、当時の私は子供で、そもそも彼は日本語を解せなかったた

め、あいさつくらいしかしたことがないままだった。バンブーの香水はいつしか空になり、壜もどこかにいってしまった。

父には、彼が高校生だったとき、憧れていた年上の女性がいた。その女性がつけている香りをききだし、おなじものを買ったことがあるらしい。数十年経ったいまも、父は、ディオリッシモの香りをはっきりと覚えている。その話をきいて、八重垣姫が亡くなった愛しい人を想って回向（えこう）する『十種香（じゅしゅこう）』を思い出す。高校時代のクラスメイトも、恋人の香りをアトマイザーにいれて持ち歩いていた。彼女自身は、当時はやっていたピーチの甘ったるい香りがする、サンローランのベビードールをつけていて、鞄の中に、ダイヤモンドカットのようなきらきらのガラスボトルをいれて持ち歩いていた。さびしいときに、恋人のにおいをタオルやスウェットにふきつけて、眠るのだといった。その彼と別れてもう十数年たつのに、いまもすれ違いざまに似た香りをかぐと、おそろいのバーバリーのマフラーをしていたことを急に思いだして、その人のことはまったくもってどうでもいいけれど、せつない気持ちだけがよみがえるらしい。

ひふみ

春は体がむず痒くなる。一日ずつ、陽がのびてゆくのを感じながら、雪平で油揚げを煮る。iPhoneのスピーカーから木遣りや『娘道成寺』の長唄を流しながら、台所の小さな窓をあける。四月になれば川沿いの桜が遠くにみえるけれど、いまはまだ裸木のままだ。醤油のにおい。お砂糖のにおい。甘くふわふわとしたきつねに油揚げが化けてゆく。

体を起こそうと思うのか、春が近づくと急に、すし飯が食べたくなる。小さな平皿にのせて、小さくちぎって、甘さをたしかめる。つくりなれていないから、何度味見しても不安になる。試食しすぎて、どんどんきつねが小さくなる。いなりずしはなんとかできたが袋から米がはみだしかけているうえに、ちょっとべっちょりしてしまった。

ひなまつりが近づくと、納戸からひな人形のダンボール箱をとり出す。薄布をそっととり、鬢がほつれぬようにかぶせていた薄葉紙をとる。毎年、おひなさまのおもての白さにはっとする。段飾りの全員を出すことが億劫になって、近ごろは三人官女を出すのがせいぜいになっている。

ひなまつりのころは、はまぐりのお吸いもの、春わかめ、ほたるいかと菜の花の酢味噌和え、ふきをやわらかく煮たちらし寿司をよくつくってもらった。

ひなまつりというより春が来たことをありがたく思うお祝いのごはん、という感じがする。はまぐりの中には、ときどき、小指の爪くらいの小さな蟹が隠れている。食事中にもかかわらず、それをくちからぷっと吐きだして、虫眼鏡でみたりした。甘やかされて育ったからかとがめられたことはない。おいしそうな淡い橙色の蟹が、オオシロピンノといういかにもまずそうな名称であることを最近知った。ふきの薄いみどりは、針状結晶の緑水晶のようにみえる。それもかじった断面を虫眼鏡でのぞいてたのしむ。たいした倍率じゃないのであまりよくはみえないけれど学校の顕微鏡でこのふきを持っていってみたいな、と思っていた。段かざりの段をつくるのがめんどうでこのごろはおひなさまはピアノの台の上に並べている。緋毛氈（ひもうせん）を敷いて、ひしもちと小さなひなあられをそえる。ひなあられが好物なので、いつも五秒くらいしかおそなえしていない。母もそなえるとすぐひしもちを炊いて食べようとする。

おひなさまをみると、ひふみさんのことを思い出す。いまは八十五歳くらいだろうか。数年前、仕事で大分県国東半島にしばらく滞在していたとき、散歩道でさつまいもを収穫しているひふみさんと偶然あった。声をかけたら、いっしょに掘ることになり、たくさんのいもを袋に詰めて渡してくれた。芋のつるもいっしょにもらい、触ると手が黒ずむけどおいしいよ、と言われた。手を黒くしながらあくを抜き、煮しめた。煮しめ方がわからなかったせいか、おいしいかはよくわからなかった。ひふみさんは趣味で有機農業をしている。バジルだけはときどき出荷してもらうといって、早朝五時の光のなかでバジルをつむのを映像に撮らせてもらった。眠たい目をこすって畑におりると、ひふみさんはもくもくとふっくらした皺の寄った手で、どんどんやわらかい葉だけを選んでゆく。朝陽が畑にさしてゆくとバジルじゃなくて光そのものを摘んでいるようにみえた。手仕事をみおえると、ひふみさんの家におじゃました。

ひふみさんの家は古い木造家屋で、床が傾げている。奥の仏壇には、ずっと昔に亡くなったご主人の位牌がある。がらんとした食台の上に、こうりのようなかたちの箱が置かれてあった。お皿には、伽羅蕗、菊芋、芋蔓の煮しめ、梅味噌、のりが並んでいる。

「ひらいて食べて」

そうひふみさんが台所から声をあげる。こうりの蓋をあけると、ちいさな白米のおむすびがいくつも並んでいた。早朝の収穫前にひふみさんはおむすびまでこしらえてくれていた、塩のよくきいたおむすびをたくさん食べた。箸先にふきみそをつけて舐める。苦い。あつあつの番茶が運ばれてきて、ひふみさんもいっしょに食べる。

ひふみさんの家の一間は物置のようになっていて、なぜかお米をわけてもらえることになってその部屋に入ると、隅のほうにガラスケースに入ったおひなさまがいた。お孫さんのために買ったものの、人形はいらないと言われて家に戻ってきたらしい。捨てるにも重たくて運べなくてそのまま二十年以上経ってしまった、という。三人官女もいる三段になったひなかざりで、下にねじがついていた。ひふみさんが、くるくるねじをまわす。オルゴールから、ひなまつりの曲が短音で流れ始める。ひふみさんが正座をして、それをじっとみつめる。気づけば「そのおひなさま御供養にだしましょうか」と言っていた。おひなさまは一度もひなまつりの日のお祝いの席にかざられたことがないことを知って、そのまま供養に出すのも不憫に思われて、ひきとって、東京に戻った。

東京に戻ってから、ひふみさんの家から持ってきたひな人形を出した。ガラスケースはあまりにも重いので、持って帰らなかった。ひふみさんといっしょに、人形だけをとりだした。

供養の前に、おひなまつりをしようと思いながら、いつもその時期にひふみさんのおひなさまを出すのを忘れて、まったくちがう季節に、部屋に出しては、それを眺めている。いっしょに国東半島で生活していたくるみちゃんとおひなさまをみながらお茶をしたり、真冬の玄関先に飾ったり、季節違いのことをしていた。おひなさまはいつもちょこんと緋毛氈の上にいてかわいかった。

結局、供養に出さないまま、数年が経ってしまった。ひふみさんには何度か手紙を出している。ひさしぶりに会うと、ぎゅっと手を握ってくれる。食べきれない量の菊芋やバジルやお米を渡してくれる。なぜか、戸棚のすみでパッケージが変色した蚊やりや洗たく洗剤もいっしょに渡される。ふっくらとした雛々の手。「あなたの手もいつかこんなふうになるのよ」といたずらっぽく笑うひふみさんが手を握りながら言う。そのことばが予言のようにきこえる。それは未来をあらかじめ祝福してもらっているようにもきこえた。わたしは、ひふみさんの年まで、生きられるだろうか。

ジムノペディ

ダイヤモンドと黒鉛とは同じ炭素原子で構成されているのに、構造と性質が全く異なることを高校の化学でもたしか習ったなぁと思いながら、指輪屋に来ている。恋人といっしょに神妙な顔で座っている。カッティングによって光の放ち方がずいぶん異なるのはすごい。人間がどれだけこの石を光らせたいのかを感じる。小さいころ、お小遣いを握りしめてずっと欲しかった雲母を買いに出かけたミネラルフェアの昂揚を思いだした。反射や屈折率を計算して美しく光が反射されるよう考え抜かれた切子面に感心していると、店内に流れていた音楽が急に気になりはじめた。エリック・サティのジムノペディが店内に流れていた。

物心ついたばかりのころから十三歳まで、夏が来るたび、一ヵ月間親元を離れるサマースクールに行っていた。憂鬱(ゆううつ)だったが当時はみんな夏は行くものだと思っていた。越後湯沢のスキー場のホテルが寄宿舎のようになっていて、就寝時間になるときまって館内にジムノペディが流れる。廊下の調光が音楽とともにさがってゆき、パジャマに着替えて、歯を磨く。

サマースクールに行っているあいだ、両親との通信手段は手紙だけだった。私はいつも両親にべったりくっついて暮らしていたので夏が近づくと気がふさいだ。父と散歩に出かけたとき、スーパーで買い物を済ませるという父を見送り、サーティワンでチョコミントアイスクリームを食べながら待っていた。待っているあいだは寂しくないのだが、父が戻ってくると、それまで離れていたことを実感して、たった十分離れていたばかりなのに、半泣きで父にしがみついた。ほんの数分でもひしと抱き合うのは『沼津』の幕切れのようだった。

寄宿舎に父や母からの葉書がしょっちゅう届く。葉書の判型も変わっていて、すいかのかたちをしていたり、星のかたちをしたりしていた。いつも、サマースクールが終わったあとの、楽しい予定のことばかり書かれてあった。母に返事を書こうとするのだが、寂しい、会いたい、帰りたい、以外のことばが全く浮かばない。葉書は、提出するときに先生にみせねばならず、先生は口調こそ優しいが、そういう両親が心配する文言はすべて消すよう命じられるので、泣きながら書き直した。家には当時の私が書いた「げんきです」を過度に使用している葉書が残っている。そうか、げんきなんだなと父母はそのまま受けとめていたらしい。げんきですげんきですとくりかえしていて、私が読むととてもふつうの葉書ではないのだが。もう少し行間を読みとってくれ、と思った。

サマースクールに行く数日前になると、持ちもののすべてに名前を書く。母が洗濯しても落ちないインクで、「あさぶきまりこ」と手早く書いてゆく。パンツ、Tシャツ、帽子、靴下、あらゆるものに名前が書かれてゆくのをみるのがすでに寂しかった。室内履きには、右、左、と小さく書いておいてもらう。私は靴を履くのが昔から苦手で、右と左の違いが、なかなかわからず、履いて暫くしてから、左右逆に履いていたことに気づく。小学校受験のために通っていた塾の玄関先で靴を脱ぎ、上履きに替える瞬間も怖かった。右は右、左は左、足のかたちに添うよう履けばいいのに、「怒られたらどうしよう」と思うと、焦ってわからなくなってしまって足を左右逆にさしいれたまま歩いてしまう。先生に、「なんでわからないのかなあ」とつぶやかれる。三十代になっても靴を履き間違えているから、仕方のないことだと思っている。

サマースクールの部屋は天井が高く、食事もおいしかったが、とにかく忙しかった。起きたら、そろばん、読み書き、体操をし、午後は、盆踊りの練習をしたり、青い芝山をのぼって、バッタを捕まえたりする。バッタを捕まえているときは両親のことを忘れられて楽しかった。夕刻になると自由時間になる。自由時間がいちばんかなしかった、お風呂から上がり、夕食までの時間、みんなはラウンジで遊んだり、部屋で読書をしたりしていた。毎夕自由時間がくるたび、家族のことを思い出しては廊下の隅の腰掛けに座って泣いていた。山間（やまあい）に日が沈む。あと何回眠れば東京に戻れるのか、指折り数えることで気を落ちつかせた。一回だけ同級生に泣いているすがたをみられたことがある。

急いで涙をぬぐったが、私の涙をみた相手の女の子の方が、逆に堰を切ったように泣き出してしまったことがあった。ラブラドールに似た垂れ目のかわいい女の子で、私は慰めねばと思いながら動物図鑑を持ってきて彼女にみせたりした。自分より悲しんでいる人がいるとかえって平静になれるものだとそのとき思った。

夜になるときまって、ジムノペディがかかる。眠ったらまた一日両親に会える日が近づく。それだけがうれしかった。眠る前、ベッドのわきのライトをつけて、チェストのなかにしまっていた手のひらサイズのノートをとり出す。それはあらかじめ母に書いてもらっていた、日数ぶんの手紙だった。三行ほどのことばが一日一枚ずつ母が書いておいてくれた。寂しいと明日のぶんも読みたくなるのだが、ぐっとこらえる。頁をひらくと、いつも、さっき書かれたことばであるような気がした。

「まりこ、お星さまはみえますか?」

母の手紙を読み、消灯してまっくらになった部屋のカーテンをそっとあける。高原の夜空に天の川がみえた気がして、家に帰ったらそのことを話そうと思うのに、帰ったとたん、私はそのことを忘れてしまう。

揚げ茄子とドクターマーチン

朝から曇り空で、雨が降りそうで降らない。四月末なのに梅雨のような天気だと電車のなかのひとがいう。いつ降ってもいいように、おろしたてのレインウェアをまだ降っていないのにひとり羽織っていた。詳細な天気図のみられるアプリの性能は上がっても人類は天気を把握できない。

レインウェア特有の、肌と衣服のあいだに湿った空気がこもっているのを感じながら、上野駅から東京都美術館にむかう坂を上る。伊藤若冲の動植綵絵(どうしょくさいえ)をみるためだった。

レインブーツを履いているせいで、靴下がむれて湿っぽい。友達がラバーソールの靴に茄子が入って火傷したことを思いだす。台北の中華料理屋で揚げ茄子を頼んでいたとき油分をたっぷりふくんだ熱々の茄子が出てきて、さっそく食べようと箸でつまんだ瞬間、茄子が滑って落下し、履いていたドクターマーチンのなかにするりと入ってしまったそうだ。それはたいへんな熱さだったのに、なぜか彼女は、履くのがたいへんな編み上げ靴を脱ぐのが億劫だという理由で、めちゃくちゃ足があついけどそのまま揚げ茄子を食べはじめた。保温性の高い素材と皮膚のあいだに高温の揚げ茄子がはりついたままだったから、ホテルに帰ってみたら、ひどい水ぶくれになっていて、痛みは尾をひいたらしい。

上野公園の桜はすでに葉桜になっている。八重桜のころからゴールデンウィークに入るまでのわずかなあいだの東京のみどりはきれいだ。ソメイヨシノが満開だと、淡いピンク色の花弁の輪郭がわっと目にとびこんですこしこわいから、散り落ちて葉桜になるとほっとする。

先日、京都で都をどりをみに行ったときも、白川沿いの柳に心奪われていた。

都をどりには友人が出ていた。今年の都をどりで、彼女は藤の精を踊っていた。地毛で髷を結い藤の花のかんざしを挿していて、それが動くたびにひらひら揺れる。都をどりをみた帰りに、耳にしたばかりの置歌をくちずさんで歩く。

ジョン・ケージが「誰でも、人間はいつだって、なにかちょうどいい時季にいるものだ」といっていたことを思う。いつもいまがいい時季だと思いたい。ゴールデンウィークが明けるころには、葉も厚みが出はじめる。濃いみどりもまたいいなぁと思う。それですぐにうすいみどりだったことを忘れてしまう。ひとはあったことをすぐに忘れてしまう。忘れてしまうと思い出す楽しみがふえる。

葉桜をながめると、胸の奥のすみずみにみどりがひろがってゆく。それは、お抹茶をのんだときの気分と同じだった。長いあいだ茶道を習っている恋人が点(た)ててくれた薄茶をのんだときも、胸にぱっとみどりがひろがった。起き抜けでコンタクトレンズもいれていないぼんやりとした視界のまま、建水代わりのサラダボウルや、白い茶巾を畳む彼の丁寧なさばきをみていた。しゅうしゅうと、電気ケトルからではあったけれど湯の沸く音がきこえて、湯の沸く音はごちそうだと思った。湯の沸く音が松籟(しょうらい)と称されることをそのときはじめて知った。電気ケトルだったから、松の音のように絶え間なくはなかった。

夏が近くなるとこのごろ茶摘みのうたをくちずさんでいる。「あかねだすきにすげのかさ」の意味もよくわからなかったけれど、茶摘みの装束を意味していると最近知った。くちずさむ私は楽しいのだけれど、私は音痴だからいつも半音がずれてしまって、すべての歌がきいている人は不穏な気分にさせているかもしれない。聞いたままのメロディーを歌っているはずなので、半音ずれてしまっていることにはいつも気づかない。

若冲は広い空間に動植綵絵の全三十三幅がかかっていた。あらゆる季節と顔をつきあわせて展示室にいると、めまいがしていた。雪は降っているし、魚類が泳いでいるし、虫が這って、目に痛いまでの薔薇(ばら)が咲き乱れて、紫陽花(あじさい)も、梅の花も咲いて、苦しい。しばらく目をつむって室内にいた。

いままで画集でしか知らなかった「雪中鴛鴦図(せっちゅうえんおうず)」は降っている雪がべとついていておそろしかった。目にまで、べとつき絡んでくるようだった。どの花も異様だった。月下に咲く梅の図をまえに、ご婦人が「こんな訪問着があったらねえ」と話していたが、若冲を身にまとったら、枝が体に絡みつづけて足が老い木になっても着物を脱げないまま立ち尽くしそうだった。

川波さん

川波さんとはじめて会ったのは二歳五ヵ月のころだった。当時、わが家は家事を手伝ってくれる人を探していたらしく、パートタイムの新聞広告を打っていた。それまでとくに働いていなかった川波さんはその日たまたま広告欄をみて、家を訪ねてくれた。ひょんなことで、川波さんは、横浜のほうから週に三度、電車に乗って家にきてくれることになった。勤めはじめ、川波さんは、川波さんのお母さんに「朝吹さんという人のところで働いているんだけど」と話すとお母さんが、「このあいだ歌舞伎でみた朝吹って家と何か関係があるの?」と言った。新歌舞伎で福沢諭吉の演目をやっていたときに、先代の猿之助が朝吹英二という人の役を演じてたそうだ。それを川波さんたちは歌舞伎座で偶然みていたらしい。英二は私の高祖父にあたるひとで福沢諭吉の弟子だった。福沢を暗殺しようとして、弟子に転身した。そのことで、小学生のとき、人殺しの子供としてかなりいじめられたので、私はあまり先祖の話をしたくはない。その新歌舞伎の演目は再演されたためしがないから、きっとつまらない演目だったんじゃないかと勝手に思っている。川波さんはお母さんに言われるまでその演目をみたことも忘れていたぐらいだからたぶんそうだと思う。

私は家に川波さんがいるのがうれしくて、お人形遊びにつきあってもらったり、台所にいる彼女のそばでいっしょに皿洗いのまねごとをしたり、彼女が帰ってしまうことが寂しくて、子供部屋に川波さんが入ると、外からあけられないように、ぬいぐるみといすをつかってバリケードをつくった。幼稚園のおむかえのときはいっしょにあじさいの咲く道を通って帰った。ピアノ教室に通うことになったときも、ピアノの先生は、練習をさぼっていたり、ミスタッチをすると、鍵盤のふたを勢いよく下ろして指をはさんでくるので、それが怖くて行きたくないと言っていたが、母は私が鍵盤のふたを打ちつけられていることを知らなかったので、ピアノ教室をやめることができなかった。川波さんにつれられて駅前の教室にむかうとき、川波さんは、何度か駅前のほうにむかわず、公園で遊んでくれた。私から誘ったのではなく、行きたくないと思って泣きそうな顔で歩いていると、川波さんがこっそりさぼらせてくれた。そのことは大人になってからよりいっそうありがたみを感じている。川波さんも、私が鍵盤のふたでたたかれていたことはしらない。あまりに辛そうな顔をしている私をあわれに思ってくれていたそうだ。私が文鳥を飼っていたとき、ブンちゃんとチュンちゃん、二羽の名前をいくら伝えても、川波さんは、どの鳥もピーコちゃん、と呼んだ。かわいいかわいい、ピーコちゃん、と鳥に声をかけつづけていた。

川波さんの料理はおいしくて、かんぴょう、大葉の天ぷら、かきあげ、ふきとしらすのちらし寿司、鶏のからあげ、がめ煮、干し椎茸の戻し煮。彼女の甘辛い味が好きだった。川波さんは、目にもとまらぬ早さでつくる。でも、おっちょこちょいだから何時間もかけてだしをとったスープをぼーっとしてがらだけとって、汁を捨ててしまったりする。靴を片方ずつ履きまちがえて一日外出しても気づかなかったこともある。そのとき履いていたのは、片方は白、もう一方は茶色の靴で、川波さんもさすがにじぶんにあきれたと笑っていた。

川波さんが台所に立つとよく隣に立ってつまみぐいをしながら、彼女の子供のころの話をきいた。福岡県秋月市の大きな醸造所のお嬢様で「すみちゃん」と呼ばれていたこと、酒屋で働いていた男衆のほとんどは戦争にとられてお父さんも出征して戦後しばらく経って、石が一個入った箱になって戻ってきた。川波さんはお父さんの顔をよく知らない。肺結核で死にかけたときにストレプトマイシンを打つことができてたすかったこと。家がひろかったから、すっとした面立ちの少尉さんが泊まりに来てそれがほこらしいことだと思っていたことを話してくれた。戦争が終わって、お寺で勉強が再開されて、墨でほとんどの教科書を塗った。川波さんの話す幼少期の話がどれも好きだった。川波さんと二人だけの秘密の話もある。

私が大学に入ったころまで川波さんはきてくれた。いまも数年に一度、川波さんが家

を訪ねてくれる。このあいだは、結婚の報告をしたら遊びにきてくれた。

川波さんが結婚のお祝いに、と箱を渡してくれる。丁寧に包装された青い紙包みをあけると、私が幼稚園のときに着ていた夏服が入っていた。ぱりっとした白い襟のついたギンガムチェックの淡いブルーのワンピースで、白いボタンが胸元にいくつかついている。私はこの制服がとても気に入っていた。どうしてちいさいころの制服を川波さんが持っていてくれたのかわからず、涙がでた。クリーニングしたけれどシミがとりきれなくて、と川波さんが言うのでますます泣いた。私は子供のころの服をほとんど処分していたのだけれど、川波さんが、この制服を捨てるのはしのびないと、家に持って帰って保管していてくれた。母も私も知らなくて驚いた。川波さんに泣きながら抱きついた。

会うと、ずっと会っていたときと同じ時間が流れる。私にとって、家庭の味は川波さんのつくる料理だ。幼稚園の制服をみながら、鶏のからあげをつくるそばから味見をしたことや、川波さんが針に糸を通せないときは私がかわったこと、ふたりでいっしょにたくさんすごした。私にとって川波さんは、年の離れた友人であり、祖母であり、いつまでも大好きな人だ。

八月の鍋焼きうどん

暑い日にはよく手を洗う。ほんとうは水浴びをしたいのだけれどシャワーは水だと冷たすぎ、お湯にするとのぼせたりしてしまう。手なら、お水でもお湯でもどんなに長く洗っても時間はかからない。ひじくらいまで水につける。手の水気を切ろうと腕をぶんぶん振っていると、水滴が床に落ちるのか、足下にいる白猫が走って逃げる。実家で暮らしている白猫のイヴは極度の水嫌いなのに毎回洗面台についてくる。

家には二匹の猫がいる。白猫のイヴと、キジトラのあーぺっぺん。保護団体から譲りうけて、一緒に過ごして二年経った。気温が上がり始めると二匹は玄関先の冷えたタイルにのびて一日をすごす。あーぺっぺんは馬肉が好きで魚は一切食べない。白猫のイヴは鯛と甘いものが好きで、シュークリームを食べるとかならずテーブルの上にやってくる。どのお店のシュークリームも私にはカスタードの量が多すぎるので、クリームを落としてからいつも食べる。そのこそげ落としたカスタードをイヴが舐めようとする。仕草はかわいいけれど食べたら体に悪いような気がして、ひとくちだけ指にとって、イヴに舐めてもらう。一度、食べ余しをそのままにしておいたら、顔中にカスタードをべとべとにつけてべろんべろん皿を舐めていたことがあった。イヴ自体がおいしそうにみえた。

夏場になると、封をきったばかりのドライフードしか食べなくなる。一日経ったものだとくちをつけない。さすがに酸化は始まっていないのでは、と思うが、食べないのだから仕方がない。いちおう百円ショップに売っているような菓子袋類を密封させる器具で袋を閉じているのだけれど、梅雨どきになってくると、ドライフードをふたかぎくらいしてから、座り直し、不満そうにじっとこっちをみる。ごはんのボウルをどけて、床を爪でひっかく。気にくわない、ということらしい。その仕草で湿度が高くなったことを知る。

水も、いくら容器をきれいにして置いておいても、水道から落ちる水をあーぺっぺんは飲みたがるので、蛇口をひねって両手で水をためて、飲み終えてくれるのを待つ。イヴは濡れるのがいやなのか、それをするときは、蛇口の真下に置いてためている私の両手をつついて、自分のほうに水を近づけようとする。

夏場だと水に触れているのが心地よいから、ねだられなくても、蛇口をひねって、猫を呼んだりする。そういうときはたいていイヴが申し訳程度にくるだけで、じぶんの飲みたいときにしか飲まないあーぺっぺんは一切こない。

先日『曾根崎心中』の原文を読む機会があって、まじめにそれを部屋で読んでいた。浄瑠璃だと義太夫の声や人形の動きがあまりにも美しいので話の筋に気をとめることがないのだが、原文を、むざんやな、と言いながら、読んでいると、さほどすてきとも思えない徳兵衛といっしょにお初が心中するわけがまったくわからない。心中くらいしか逆に生きるよすががないくらいに、憂き世は辛いもんだよなあと思いながら、ページをめくっていた。読みながら、ざらめあられをかじろうとして、三日ほどまえに封を切ったばかりなのに、もう湿気っていて、手もべとつき、一気に読む気力が失せた。せっかくだからなにか夏らしいものを食べようと思って、自分がいちばん好きな夏の食べ物を思い出してみる。

冷やし中華がまず浮かぶが、でもこれは食べる空間も暑くないといけない。くらげ、蒸し鶏、チャーシューがきれいに盛られた少しいい中華料理屋のものも心躍るけれど、そうではないきわめて普通の、ぬりがらしをてきとうに塗って安い割り箸のにおいといっしょにちゅるちゅるすするような冷やし中華のほうが夏だという感じがする。加工ハムのピンク色の細切り、ぺたんこの錦糸卵、きゅうり、干し椎茸、トマト、甘酸っぱいたれの汁ものみたい。でも、冷やし中華をまっているあいだにお店の冷房がきつくてたいてい暑さを感じなくなっていて、食べ終わるころにはすっかり冷えてしまう。

夏といえば鱧(はも)も好きだ。鱧といえば真っ白い肉が女の肉とかさなると谷崎潤一郎が書いた『過酸化マンガン水の夢』を思い出す。あれは、谷崎とおぼしき男が、ビーツの食べすぎで下血とみまがうような鮮やかな紅色の体液がまざった糞便をみて、シモーヌ・シニョレの顔を思い出して終わる話で、いちばん好きな谷崎作品かもしれない。いろいろ浮かぶけれど、真夏にもっとも食べたいものは、鍋焼きうどんではないかと思う。暑い日には熱いものを食べると、汗をたくさんかくことができてすっきりする。スパイスのきいたカレーも同じ理由だと思うけれど、私は香辛料が苦手なので、ほとんどのカレーが食べられない。なので、かわりに土鍋ででてくるうどんを食べる。日よけの帽子をかぶって、アスファルトの放射熱で履いているゴムサンダルが溶けそうになりながら、蕎麦屋にむかう。ぐつぐつ、指がやけどしないように気を遣いながらずるずる食べる。一人前の土鍋。かなしいことがあってもシリアスな気分が長つづきしない、圧倒的なほんわかさがある。たたずまいも望遠鏡からみる土星のようなすがたをしている。たぶん鍋の端がそうみさせている。海老の天ぷら、かしわひときれ、うすいおもち、えのきだけ、ねぎ、はんじゅくたまご、うどん、ぐつぐつ土鍋に入っている。湯気が顔にかかって、うだるような暑い日だからこそ、毛穴がさらにひらくような感じがする。そして面倒な食べ物だから、家では決してつくらない。

はじめての相合傘

雲が急に空を覆ってきたと思ったら夕立になる。蟬や鳥の鳴く声が途絶えたのに気づいたころにはもう降っている。さっきまで日傘がないと歩けないほどだったのに、あたり一面が暗い。アスファルトが濡れて真っ黒になっている。雨はくる、と思うまもなく降りはじめる。草や下土のにおいだけではない、生きもののむせかえるようなにおいが雨にまざってする。降っているときはこのままやまない雨だったらどうしようかと思うのだけれど、夕立のあとは必ず涼しい風が吹いて、なにごともなかったように太陽がでたりする。降り籠められて、さびしいとか、かなしいとか、その日起きたうかない晴れない心もまた雨に押し流されて、体のなかも雨音だけになってゆく。

昔から傘という道具が好きだった。ビニール傘、和傘、日傘、西洋雨傘、いずれも美しいと思う。雨や光をよけるためにつくられた合理的なシルエットが、どうしてこんなに美しいのかとふしぎに思う。私はcoci la elleというお店の青と緑の庭園のような柄の雨傘を数年つかっている。友達がプレゼントしてくれた。晴れはじめても、その布の下にいたいと思ったりする。コンビニで買うようなビニール傘も、水に濡れてものや光がにじんでみえるのが好きだし、日傘は小さな空を持ち歩いているようで楽しい。外と内とを遮りはしないけれど、空が覆われるだけで、私だけの空間ができるようでほっとする。

傘といえば、花道からあらわれる助六の蛇の目傘をみたとき和傘の繊細な骨に魅せられた。雪が深く降りしきるなかをしずかに歩く若い男女を描いた鈴木春信の「雪中相合傘」にも憧れた。傘に積もった雪は白ではなく空摺（からずり）で表現されていたことを美術館でみてはじめて知った。美しい衣装をまとい、黒と白の御高祖頭巾を被って、彼らはいったいどこに向かっているのか。

好きなひととはじめて相合傘をしたのは小学生のときだった。五年生のときに、ひとつうえの、六年生のSさんとひとつの傘に入った。彼女とどうして仲よくなったのか思いだせないけれど、ときどき、いっしょに帰っていた。家が同じ方面だったから、電車のなかで、読んでいた本や将来の話をした。話をした、というより彼女が早口で話すのを、うっとり聞いているだけだった。Sさんの黒髪は胸のあたりまでまっすぐ伸びていて、眉はつんと上がり、背筋をぴっと伸ばしていつも風をきって歩いていた。

入っていた部活動は違ったが、合同でおこなわれる夏合宿のときに、いっしょに泊まったりした。レクリエーションのときに、みんなで五色沼を散策した。沼が美しいので、くちをはんびらきにして立ち止まっていた私の横を、ボーダーのワンピースを着た彼女が、真理子ちゃん、あぶないよ、とさっと通ってゆく。暑いのがいとわしいのか不機嫌そうにうでを組みながら、桟橋を通ってゆく。声のよく通るひとだった。大人っぽい風貌や言動で、背丈があったのでランドセルがまったく似合っていなかった。いまになって小学校時代の写真をみかえすと、それなりにSさんも幼さを残した面立ちなのだが、当時の私には、彼女がとても大人びてみえていた。

　私は彼女にひそかな恋心をいだいていた。おつきあいしたい、という発想はなかったが、彼女と廊下ですれ違うたびに、胸がときめいた。もっとお話ししてみたい、誰よりも仲よくなれたらいいのに、と思ったりするのだが、小学生にとって学年がひとつ違うということは世界がまるで違うことだった。Sさんは、山岸凉子の『日出処の天子』に登場する、厩戸王子に似ていた。私は、漫画のなかの蘇我毛人のように、皇子のそばにつねにいて彼女を守りたいと思っていた。実際は、廊下ですれ違うときに挨拶するだけのあいだがらでしかなかった。私が通っていた小学校は共学だったので、バレンタインデーのときにはクラスの男子全員に渡すのが恒例になっていたが、私はクラスの男子なぞどうでもよかった。クラスメイトのあいだでは、私は出席番号16番の男子のことを好きだということになっていたがTくんと手をつなぐならSさんとつなぎたかった。しかしSさんにチョコレートを渡すという発想もなく、バレンタインデーが近づくと、またクラスの男子に用意せねばならぬのかとめんどうくさい気持ちが募った。前日までなに

もせず、慌ててスーパーのチョコレート売り場に行き、父母に頼んで、一個ずつ、包装するのを手伝ってもらう。ほかの女子生徒は、手づくりだったり、ラッピングが凝っていたりと、華やかなものが多かった。私のチョコレートは、チロルチョコをひもで束ねたようないい加減なものだったので、クラスメイトの男子に喜ばれた記憶は一度もない。

校舎を出ようとすると雨が降りはじめていた。図書室でぼーっとしていたから、外に出るまで雨が降り出していることに気づかなかった。置き傘をとりに戻ろうかと思っていると、Sさんが用務員さんに挨拶している声がきこえる。真理子ちゃん、さようなら、と声をかけられて、彼女が傘をぱっとひらいた。Sさん、さようなら。お辞儀をしていると、Sさんが私のほうをみて傘がないのかたずねる。

忘れました。とっさにそうこたえると、Sさんが傘を持ったまま手招きするので、そのまま、おずおず傘のなかに入った。はじめての相合傘だった。Sさんの歩調だとすぐ駅についてしまいそうだから、わざと、ゆっくり歩いた。ふたりで傘の柄を持ち、ランドセルを濡らし、片方の肩も濡らしながら、駅まで歩いた。ぽたぽた雨の音に降り籠められて、しめりけのある彼女の指先に少し触れながら、このままずっと歩いていたいと思っていた。けっこうな雨量になってきて、風も吹いて、握っている柄がびしょびしょになる。Sさんが笑う。これは傘をさす必要もないね、と笑いながら、かわらずさしつづけた。

一番街遭難

七月の終わりに、納涼と厄払いを兼ねた祝言の会を、友人のロバート・キャンベルさんがひらいて下さった。夫と私の祝言で、会場はキャンベルさんが三十年来行きつけだというゴールデン街のNというお店だった。そこはかつて「花園街」と呼ばれていたころのちょんの間がそのまま三階に残されているお店で、埃の舞い散るなか、三味線と篠笛で長唄をきいてシャンパンを飲むだんになっていた。ふたり手をとり無明の世の障碍(しょうがい)をあらかじめ追い払うための宴席だとキャンベルさんが仰る。でも、Nでどんちゃんしていたら、夏の夜だし幽霊がかえって集まりそうだと思った。ゴールデン街にはついたけれどなぜかお店がわからず、シャンパンの栓をぬく時刻をとうに過ぎてもたどり着けず、いちおう祝ってもらう主役なのにまずいよ、と焦りながら私たちはゴールデン街をさまよっていた。浴衣がドレスコードだったから、おろしたての白い浴衣を着ていたのだが汗だくになってきていて、花緒がすでに痛い。何度も確認するがGoogle Mapが指し示すところにNはない。

Nをさがして、ふたりでゴールデン街を歩く。どのお店もNにみえる。はじめは夫のiPhoneをのぞきこんでいたが、私はそうそうに画面をみるのをやめて、店のなかにいる人の飲みぶりをみていた。いっそ地図をみずにふらふら歩いていたほうが着くかもしれないと思った。蒸し暑くて白い浴衣が腿にはりついていた。ドイツ語を話す海外旅行客数名が、しきりに路地に興奮してシャッターをきっている。夜と呼ぶにははやい時間だからか、どの店もすいていて、まつげエクステをした小柄の女の子がカウンターのなかで酒をのんでいる。夫はずっとiPhoneをみている。

ゴールデン街に着く道すがら、私は妖怪の話をしていた。幽霊と妖怪の違いについて話していた。幽霊はこの世に未練を残してあらわれるから、かつて生きていたひとだとわかるかたちであらわれる。能は幽霊だらけで、あらわれてもべつに誰も驚いたりはしない。妖怪は幽霊とちがって、かつて生きていたときのおもかげ、みたいなものはない。妖怪には生前がない。夫は、子泣きじじいは、最初からずっと子泣きじじいなの？ ときいてくる。

Nにたどり着けないままもうずいぶん時間がたっていた、ロバートさんに電話をするがつながらない。花緒がすれてきた私の足取りをみたのか、夫は、真理子さんはここにいて動かないで、と言って角を曲がってゆく。ひとりぼーっと街灯の下で待っていた。

私は夫がいまのところ熱烈に好きで、好きだからいっしょにいる。どうして「熱烈」という表現をするかというと、私に恋人ができたらしいことを知った父が、母に「熱烈に好きになった人だったらどんな人でもいいね」と言っていたらしいことをきいたからだ。朝起きるたび、誰かと暮らしたことのない私は、知らない人が隣で寝ているのもはじめてなので、じっと顔をみてしまう。とくに面立ちが好きなのだと惚気けて友人に夫の写真を送ると「ちくわぶに似てるね」と言われた。たしかにおでんだしがしみていない白いちくわぶに似ている。

夫とは仕事で知り合った。イベントのはじまる十五分前に、対談相手が海外出張中で不在であることがわかり惑っていたところ、「小説は三行しか読んでいませんが、ぼくでよかったら」と急きょ聞き手になってくれた。対談は、私の子供のころの話が主たる話題で『宇治拾遺物語』の放屁譚に惹かれていたことや、雲母をかじって舌が二股に切れてしまった話をした。イベント当時、私は大好きな友人の乳房から直接母乳を吸わせてもらったばかりで、たまごボーロのようにほの甘かったり、甘酒のようなこくがあったり、コーンポタージュのようなえぐみがでたり、日ごとにかわる母乳の味や、歯がはえていなかったころのくちの感覚を思い出したことを熱っぽく話した。『三人吉三(さんにんきちさ)』で杯に血液をたらして兄弟のちぎりを結ぶシーンを引き合いに出して、母乳というかたちで好きな人の血液を飲めたことは官能的な出来事でした、と告げた。会場の反応はよくわからなかったけれど、話したことのほとんどが、恋愛相手として魅力的な話題ではないかもしれないという不安がしばらく経ってからよぎった。

このまま永達に誰も来ないのではないかと思っていると、ここでしたか、とロバートさんがあらわれる。立っているすぐそばにNはあった。夫にそれを知らすと、遠くから下駄をならして小走りでやってくる。Nのある通りはさっきも歩いた路地のような気もするけれどわからない。急勾配をのぼって二階にあがると五坪ほどの空間に、みなが浴衣でそろって待っていた。知り合いもいれば知らない人もいて、お詫びする間もなくマグナムサイズのシャンパンの栓があれよあれよとぬかれて、祝言という名の宴会になる。三味線の革のぽちんとした黒っぽい部分が猫の乳首だと知ってしばらく家で飼っている二匹の猫のことを思う。猫の腹の音がきこえる。長唄の「友白髪」がはじまる。ちょんの間につづいていたところは天井と同じ色合いの板で塞（ふさ）がれている。米山甚句（よねやまじんく）。都々逸（どどいつ）。天井の低い場所でシャンパンをのむ。麦茶をのむようなガラスコップに空になる前にみなみそそがれる。ぎしぎし家鳴りがしている。暑いのか暑くないのかわからないまま、ひしめきあってしゃべりあってなにを話しているのかわからなくなっていた。せっかくだから、青線地帯をのぞこうと、天井板を外し、マスク姿で、長身のロバートさんのうえに馬乗りになって、数十年人の行き来のないちょんの間をのぞいた。緑茶の箱、湯たんぽ、エロ本が雑多に積み上がり、せんべい布団とぺしゃんこの赤と黄色の花柄の枕が畳に敷かれたままになっていた。

〽廓(さと)は闇、と即興で長唄の名手がうたいはじめる。シャンパンも白ワインも空になってゆく。三味線と篠笛が時間を揺らしている。篠笛をきいているうちに鬼が踊り出しそうな心地になってくる。三味(サミ)とともに埃も舞う。棺桶の前で白無垢を着ている鶴屋南北の『法懸松成田利剣(けさかけまつなりたのりけん)』を思い出していた。祝われるって葬われるのに似ているなと思っていた。

メイメイの指

このところめっきり履かなくなっているが、二〇代のころ、でかけるときはいつもピンヒールだった。一〇代は男装が好きだったから、女性らしいものはすべて縁遠かった。女子高に通っていたのだけれど、当時はスカートよりも学校指定の紺色のジャージを男子学生ふうに履いているほうがじぶんにしっくりきた。その反動でなのか、二〇代後半になると、短パンとか、タイトスカートやピンヒールといった女性性を強調する服を好んで着た。かつて男装を楽しんでいたように女装を楽しんでいたのだなとふりかえって思う。『籠釣瓶花街酔醒(かごつるべさとのえいざめ)』の八ツ橋の道中も、高さ三〇センチはあろうかという黒塗りの三枚歯の下駄で見下ろしながら次郎左衛門に笑む。ヒールは高いほうが色っぽいといいう思い込みは八ツ橋によるのかもしれない。

マンホールの溝にはまるような細いヒールを私は好んで履いた。そしてよく溝にはまった。地面には無数の凹凸が存在することを、ピンヒールを履いていると実感する。エスカレーターの溝にはまって靴を脱いでおりたこともある。歩きつかれて靴を脱いで帰ったこともある。池田亮司のライブにもモーリッツフォンオズワルドにもなぜかハイヒールで行った。いま思うと信じられない元気さだ。美しい靴ほどすぐに壊れる。ヒールが何かにあたって塗装がはがれるので、急場しのぎにコンビニで買った油性マジックではげた部分を塗ったりした。

夫と付き合いはじめたばかりのころ、丹波谷坂ですき焼きを食べたことがあった。澁澤龍彦全集やユイスマンスの本が置いてあるほの暗い古民家を改装した料理屋だった。私はピンヒールだった。帰りしな、夜の青山霊園を延々歩いた。彼が、ハイヒールで大丈夫ですか？　足は痛くない？　と、ときおり問う。どう考えても十五分以上は歩けない靴なのに、好きな人と歩いているという脳内麻薬がでているからか、痛みをまったく感じない。大丈夫です！　どこまでも歩けます！　といいながらほんとうに一晩中歩いた。翌朝、足が攣って目がさめた。激痛だったけれど、隣で眠っている彼にそれを伝えるのが恥ずかしく、布団にもぐって足指を必死に伸ばした。痛みを感じずに歩けるということは恐ろしい。

二〇代に酷使しすぎたせいか、ある朝起きたら足が腫れ上がり、ついに歩けなくなった。びっくりして、隣で寝ている夫を起こして泣きついた。不憫がって私の足に触れるが、それもまた激痛だった。好きな人に触れられても脳内麻薬はまったくでなかった。

そもそも私の足は大きい。スポーツメーカーで採寸してもらったときは二六・五センチあった。中学生のころクラスメイトと「ＪＵＮＯＮ」という雑誌を読んでいた。当時、華々しくデビューしたばかりの女優のインタビューとプロフィールが掲載されていて、足のサイズが二六・五センチだというのを読んで、なんという大足だろうかと奇異に思った。成人したら、私も彼女と同じサイズになった。

スニーカーと違い、ハイヒールはかかとに傾斜がつくほど小さいサイズを履くことが

でき、それもあってヒールの高いものを好んで履いた。

足が痛いとき、少しでも腫れをひかせたくて足をあげてソファに座っているとき、メイメイのことを思い出していた。数年前、メイメイという猫の世話をほんのすこしだけしたことがあった。シルバーの毛並みのふわふわした猫だった。種類はよくわからない。メイメイは、中国語で「美美」と書くときいた、名のとおり、ほんとうに美しい猫だった。メイメイはかつて一人暮らしをしていた部屋の下階で飼われていた。飼い主が旅行にでるときや、仕事で家を離れるとき、マンションの大家をしている伯母が猫の世話をしていた。とんでもなくきれいな猫だからみにいらっしゃいといわれ、部屋に入った。メイメイは呼んでもあらわれない。鳴いて返事をしない。滅多なことじゃ鳴いたりしないというので、最初はメイメイがどこにいるのかわからなかった。スポーツマシンの置かれた部屋にメイメイはいた。部屋には飼い主が集めているという、シノワズリーの家具が配置されていた。屏風、明時代の壺、飼い主が描いているおおきなカンバスがあちこちに置かれてあった。

メイメイのすべての足には爪がなかった。家具を守るために、去勢手術をするときにあわせて爪を抜いたらしい。私はそういう手術があることを、メイメイをみてはじめて知った。爪の生えてくる根元から切断して電気メスで止血する。爪がないから、清潔で、爪研ぎも必要ない。家具を傷つけなくていい。海外ではふつうのことだと、アメリカ国籍の飼い主は大家である伯母にいった。私にはむごたらしく思えて、メイメイをみると胸が苦しくなる。人間にはいいことがあるのかもしれないが、猫にとっていいことなんてひとつもない。

メイメイは明時代の壺とおなじように珍重されていたが、生きものだとは思われていないようだった。退屈しているのをかわいそうだと思ったのか、飼い主がメイメイに似た種の子猫を連れてきたが、子猫には爪があったから、今度はメイメイが傷だらけになった。メイメイは脱走し、私が非常階段に置きっ放しにしていたダンボール箱に隠れていた。私がマンション共用部に物を置いていたことでメイメイがみつかりましたと飼い主に感謝された。そして、子猫はすぐにいなくなった。どこにいったのかしらない。爪を抜かれてあの家にいるよりはほかの家にもらわれていくほうが幸せだろうとは思う。
飼い主はアメリカに帰っていった。メイメイはいまどうしているんだろうか。

チグリスとユーフラテス

夫の仕事に同行し、ザルツブルクに出かけた。十八世紀に建てられた個人邸宅の宮殿に、一週間ほど滞在していた。『サウンド・オブ・ミュージック』のロケ地になった建物だと言われると確かに建物の外観にうっすら見覚えがあった。いまはなきベータ機器でかつてその映画をみていたときのことまでいっしょに思い出した。

夫は数日にわたって、講演とワークショップをした。参加者の人種国籍ともにさまざまで、大学教授、経営者、料理研究家、詩人、「スラムチャンピオン」とプロフィール欄に書かれたヒップホップをうたう詩人、いろいろな人が集まっていた。

夫は日本人というだけで、「禅マスター」と呼ばれていた。当人としてはたいしてうれしくない称号であろうと思う。禅マスターは、しょっちゅういろいろな人に話しかけられていた。夫は私が会話に参加できるようういつも丁寧な通訳をしてくれるが、複数人と交わすとなると、私に通訳をしていると会話全体に間がうまれてしまって、みんな去ってゆくので、私は幽霊のようにすごすことにした。

謎の国際交流会だった。期間中は、みんな円卓で三食をともにし、分刻みでスケジュールが進行するため、聴講生講師ともに、一体感は日増しに高まっていた。最後の夜は、宮殿でコンサートと晩餐会が開かれた。それぞれ正装をしているさまがおしゃれだった。額面どおりの正装ではなく、女性はヴィンテージドレスをアレンジしたり、男性は基本デニムだけれどチェックとかラメとかユーモアのある蝶ネクタイをしめているひとが多かった。笑顔がとても晴れやかなイタリア系のマリアは、彼女の笑顔によくはえる真っ赤なイヴニングドレスを着ていたのだが、長いウェーブのかかった髪をみると、ボールペンをくしにして髪をあげている。堂々としているからボールペンなのがかっこよくみえる。ヘアアクセサリーを忘れたらしい。黒人のスリムな女性は八〇年代っぽい肩にラメのついたビッグシルエットのジャケットを羽織っていて、それもえらく似合っていた。

ざわめきのなか、スピーチをしたいひとがワイングラスをフォークで何度か鳴らす。ワイングラスは音の減衰が小さいから、天井の高さもあいまってよく響く。足を鳴らし、声をあげ、たがいをたたえ合うスピーチを交わしていた。みんなすごく仲良さそうで、私は何を言っているかさっぱりわからないなりに、よかったねー、と孫をながめるような気持ちになりながらひたすらミートボールのような肉をかじっていた。

食事が終わると、一階ではＤＪがはじまり、踊りに下階にむかうひと、テラスでことばを交わすひと、さまざまだった。私は禅マスターと別れて、ひとり宮殿の庭を散歩していた。青黒い湖畔に、宮殿の木枠の窓や扉をきしませているＤＪの重低音が漏れ聞こえる。オオカミの遠ぼえのまねも聞こえる。南アフリカからきた青年が、舌打音（クリック）を響かせて、ラップしている。南アフリカでは、赤ちゃんが「ママ」「パパ」と発語しはじめてもそれが言語のはじまりにはならない。舌打音を発したときにはじめて言語がはじまる、と聞いた。私は舌打音のまねごとをちいさくくちのなかでかたどりながら、庭椅子に腰かけていると、マイヤが夜気にあたりにやってきたのがみえた。

マイヤはイスラム系のアメリカ人で、ミシガン州で小さな出版社を兼ねた本屋を経営している。夫の通訳を介して、マイヤとは少しだけ詩の話をしたことがあった。マイヤは朗読のイベントを主催していたが、より開かれた場所にするために、その場をウェブに移行したい、と話していた。詩は音楽だから、エミリー・ディキンスンの詩をわからなくても原文で朗読してみるように、たとえ意味が通じなくても聞くのは楽しい。そうマイヤに話すと、マイヤはにっこりほほえんで、私もエミリーの詩が好きだと言っていた。

夜風で、マイヤの首に巻かれた小さなビーズのチョーカーが揺れている。広い庭にマイヤとふたりきりだった。私は英語が話せないのでもじもじしていると、マイヤはおもむろに鉢に植わっていたハーブを一本手折り、口角をあげながら私の手にそれをのせた。手折ったときに漂った香りでそれがラベンダーだとわかった。枯れかけていても香りは強かった。マイヤも指先にのこったラベンダーをかぐ。頭の中では、たくさんの言葉が浮かぶけれど、それが英語にならない。舌の上で話したい言葉がはじけて消える。私は、自分が英語で話せないことを、このときはじめてもどかしく思えた。

　おぼろ雲から満月がちょうどのぞいて、マイヤの顔がにわかに明るくなった。湖畔にマイヤのすがたがうつっていて『引窓』を思い出した。そのことも私は話せない。後ろから、ベロベロに酔っ払った女性がやってくる。いえーい！　もりあがってるぅー？　的なことを叫んでいる。静寂が破れたことをきっかけに、マイヤも私も、庭からそれぞれ立ち去った。

　朝、マイヤは眠たそうに両手でコーヒーカップを手にして座っていた。胸があらわになりそうな深いVネックの寝間着の上にショールを羽織っていた。マイヤの席のそばに腰かけると、マイヤはほほえんで、真理子の好きな日本の詩人を教えてほしい、とウィスパーボイスでたずねる。私は西脇順三郎の『失われた時』という詩の、しだいに日本語の意味がほどけて水の流れだけになってゆく詩行の美しさを夫を介して話した。

　頷くマイヤの左手首の裏に、二本線のタトゥーが入っていた。その二本線は何かとふいにたずねる。

これはね、チグリスとユーフラテス
ふたつの川筋が青く彫られ、それが血管の筋のようにもみえる。

私はここで生まれたの。マイヤが指で川の上流にふれる。バグダッドで生まれて、

——というところで育った。育った土地の名は聞きとれなかった。マイヤはアルメニア語が母語だと言っていた。肌が地図になっている。水脈のように血脈が流れていることを実感した。帰国すると、マイヤからメールが届いていた。真理子の朗読をよかったら送ってほしいと書かれてあった。わからないかもしれないけれど聞きたい、というその一言がうれしかった。私もアルメニア語の詩を聞きたいと思った。たがいの声を聞き交わすのが楽しみだった。

伽羅香とオタフクソース

かんぴょう巻き。玄米蒸しパン。ほしいも。これまで、ときどきむしょうに食べたくなるものは上記三品だったが、そこに、お好み焼きが加わった。

小学生のころ、最寄り駅に着くと駅近くのテイクアウト専門のすしチェーン店で、かんぴょう巻きを買ってから家に帰った。小遣いの大半はかんぴょう巻きか助六に消えていた。制服から当時いちばん気に入っていた江戸紫のスウェットの上下に着替え、熱湯でしぶめの緑茶をいれて、刑事ドラマの再放送をながめたり、江戸川乱歩を読んだりしながら、かんぴょう巻きを手でつまんで食べるのが、無上のしあわせだった。当時桜文鳥を二羽飼っていて、プラスチックパックの輪ゴムをはずすと、かんぴょう巻きめがけてとんでくる。肩にとまって頰をつっつくから、くちで酢飯や海苔をちぎってひとくちずつやった。文鳥は十数年生きた。寒い日はセーターの袖のなかに文鳥が入り、長い尾っぽがシャコの握りのようにみえるから、ひとりで握りずし屋ごっこというのをしていた。文鳥がいなくなって久しいのに、いまでも床暖房をつけるときに木材のしまる家鳴りは「チュンッ」と鳥が鳴いているようにきこえる。

お好み焼きはかんぴょう巻きのようになかなか気軽に食べられない。テイクアウトできるお好み焼き屋が見当たらない。お好み焼き屋で一枚だけ注文して、食べたらすぐでればいいのかもしれないが、ひとりで入っていいのかわからない。天板の卓はいつも四人がけな気がする。だれかと行くとなると長くなってしまう。サラダも食べたほうがいいよね、ほかにもなにか食べようか、とか、たいして食べたくはないのに、えのきだけのベーコン巻きやホタテのバター焼きを漫然と焼いて食べたりする。むしょうにお好み焼きを食べたいときは、ただそれだけを食べてすぐ帰りたい。

数年前、京都の伏見稲荷に住んでいる友人と、牛すじと油かす入りのお好み焼きを食べに行ったことがあった。彼女が高校の帰り道に一人食べていたというお好み焼き屋で、店内には、メニューがなく、入ると自動的にカリカリに焼けたお好み焼きがでてくる。ケーキ一切れぶんの値段で、一枚を半分のこしても怒られない。そしてすいている。ビンのサイダーがよく合った。

高校時代は門前仲町に住んでいる同級生とよくもんじゃを食べた。なんの話をしていたか忘れたが笑いすぎて油の入ったボトルをじぶんにひっくり返し、私は制服も体もぜんぶがサラダ油まみれになってしまって、そのことがまたおかしすぎて、皮膚がボディビルダーのように光るので、ポージングをして写真を撮ってから、同級生の家でお風呂を借りた。帰りに友達の制服のスカートを借りてかえった。友達のウエストが細すぎてホックがしまらずシャツをだして隠した。

数年前、広島でお好み焼きを食べたとき、お好み焼きというのは、野菜の水分をカリッとした粉で包んで食べる、蒸気を楽しむものなのだと思った。それは神社のおまつりで食べるかたいそれとは違っていた。ひろい鉄板の上で、うずたかく積み上がったキャベツの蒸気がのぼりつづけるのをみて、お好み焼きというものの美しさに圧倒された。湯気をごちそうのように吸いこんだ。氷のやたら入ったオレンジジュースやカルピスを飲みながら、焼ける、というより蒸し上がるのを待った。客人を家に招くときはたいていたこ焼きやお好み焼きになる、と大阪出身の知り合いからきいて、ホットプレートがなくても、フライパンでお好み焼きができることを知った。「お好み焼き粉」は東京のスーパーに売っていることも知った。お好み焼きを家でつくるという発想がこれまでなかったけれど、家でつくれば、ソースのあまだるい味をだらけた格好であぐらをかきながら食べられる。キャベツもこんもりもった蒸し焼きにできる。食べ終えたらそのまま眠ることができる。

お好み焼き欲のきわまった昼、スーパーでなにもかも具材をそろえた。お好み焼き粉を水で溶かずに牛乳で溶くとおいしいときいたので、それを実践した。卵はふたつ。かんじんのフライ返しは失敗したが、べつにいい。かつおぶし、青のりをまぶして、熱いうちにいそいで食べた。何枚でも食べたいのに、一枚で腹が膨れてしまう。焼いたあまりは冷蔵庫にしまって、仕事にでかけた。

その日は、香道を学ぶ人々の前で香りの話をするイベントだった。控室でコーヒーをのんでいると、「歌舞伎のなかで、お香がでてくる演目で好きなものはございますか?」と、演劇学者の河竹登志夫の愛弟子だったというすてきな男性からたずねられた。わたしはその問いに応えることができなかった。歌舞伎役者の衣装から漂う香りや、『伽羅先代萩』の演目をしどろもどろにあげるばかりだった。男性は穏やかにうなずきながら、南北が書いた『裏表先代萩』の外題の話をしてくれた。「裏表」は、香木には、木(表)と末木(裏)という分け方があり、その意味が演題に詠み込まれている。主催のご婦人から、伽羅だけを練り込んだという線香を帰りにいただいた。

伽羅を持って家に帰ると、部屋中がお好み焼きのにおいになっていた。冷蔵庫からとりだして、あたためて食べた。鶴屋南北全集を本棚からとりださなくなって何年経ってしまっただろうかと反省した。いただいた伽羅の香りと、オタフクソースの焦げたにおいで、部屋のなかが、ちぐはぐだった。

プールサイド

十二月の半ば、誕生日なのもあってプールにでかけた。屋内プールには海外から日本に遊びに来ているらしい家族が一組いるばかりで、あとはだれもいなかった。石畳は温められていたけれど水着一枚なのは肌寒くて、地厚のタオルを肩にかけて、プールサイドに寝転がった。誕生日だなあ、と思う。誕生日を迎えると、うれしい気持ちと同時に、じぶんがいつまで呼吸をつづけられるだろうかと怖くなる。その年で、とよく笑われるけれど、子供のころから、そう思う。

いつ泳いでもいいと思うと逆に億劫になって、プールの天井ってどこもきれいだなと水が反射するのをみながらしばらく本を読む。夫はサリンジャーの『ナイン・ストーリーズ』を読んでいたらしかった。私は読書に集中してなにも考えていなかったが、お茶をのむために目を本からあげた瞬間、夫が私の本をじっとみる。妖怪が跋扈している表紙の酒呑童子の本がプールにあってないね、と夫に言われる。サリンジャーは似合っている、と言いたいんだろうか。背の高い女の子が、双子なのか、面立ちのよく似た少年といっしょに楽しそうに水のなかを歩いていたけれど、ふたたび本に目をおとしてしばらくしたら、床は濡れていたけれど、すっかりいなくなっていた。

だれもいなくなったプールをみて、夫が、雨が降っているみたいだね、と言った。プールの水面は波紋が広がっていて、なぜ泡が底からぷくぷく立ちのぼってくるのかよくわからない。

　ちょっと泳ごうかな、と夫がアキレス腱をのばしながらプールに入ってゆく。ゆっくりクロールをはじめる。泳いでいるとみんな同じ人にみえてくるのがふしぎだ。水音はさほどしない。水に触れるだけで前にすすむ、と彼は言っていた。私は泳ぎが苦手だから、優雅に四肢が伸びながらすすんでゆくすがたを、うらやましくみていた。私は平泳ぎくらいしかできないけれど、水につかるのは好きだ。

以前レム・コールハースと食事をしたことがある人からきいた話を思いだす。彼は世界中を仕事でまわっているから、いまここがどこか、何時だったか、ときどきわからなくなるのだという。現在を確かに生きているのだという実感は、ホテルのプールで泳いでいるときだと言った。どの世界にもプールがあり、泳いでいる間だけ、いまここにじぶんが在る、ということを実感する。いつかそんな小説を書きたいとレムは言ったらしい。

プールでごろごろしていたら夜の七時になった。生まれた時刻で、むかしから誕生日の七時になると母が、あ、いまうまれたんだよ、と言う。誕生日が来ると、母は自然と出産当日の話をする。その「語り」をくりかえしきいているから、自分もその場に居合わせたような気になるからふしぎだった。産み落とされた当人だけれど、当然記憶など一切ないから、なにも知らないはずなのに、母の「語り」によって、出産時の記憶があるような気になっている。十二月十九日の明け方、母は破水をしてしまい、焦って、分娩予定だった病院に電話をしていた。その前夜、父が客を家に招いてみなが酒をしこたま飲んでいて、まだ酔いどれたままの父が母の異変を知ったものの、髪の毛がぼさぼさだよ、と言って、陣痛で痛いと呻いている母の髪を、父は酔っておぼつかない手で櫛でとかした。何度きいてもアホだなと思う。酔っていてよくおぼえていない、と父はかならずそのくだりでとぼける。陣痛のときに髪の毛のことなんかだれも気にしない、と母が言う。両親のあいだで、この会話が繰り返されるのも好きだった。

母は、初産は長丁場だから力をつけようと思って、陣痛の間に、つくりおきの肉じゃがを食べた。それがかえってお産を長引かせた敗因だったらしい。肉じゃがが消化できず結局分娩台で吐くことになってしまい、無駄に体力を消耗したらしい。

友人のいしいしんじさんは、息子が生まれる直前に、奥さんといっしょに、鱧とまつたけを食べていた。羊水からは、まったけとはものにおいがしていた、と大真面目に言っていた。そして、鱧とまつたけはいしいさんの息子の好物になっている。それでいくと私は無類の肉じゃが好きになっていてもおかしくはないのだが、母が吐いてしまったからか、そこまでの好物ではない。

頭部の途中まで出たものの、母はそこで力尽き、そこからどうにもこうにもお産がさきにすすまず、みかねた産科医が、ちょっとお助けしますね、と吸引してくれたらしい。じぶんがトイレのつまりを直すゴム製の吸盤のようなもので吸引されてでてきた。すぽんとでてきたのが夜の七時だった。私は三八〇〇グラムくらいあって、武田信玄に似ていたらしい。プールでひとしきり泳いだばかりで息をきらしている夫に、いまちょうど私が分娩室でうまれた時間です、とひたすら母からきかされてきたじぶんの出産の語りを滔々とした。

夢のハワイ

お正月にわざわざ旅に出るひとの気が知れなかった。東京が静かになるわずかな時間がとても好きだ。車の音がちっともしなくて、人の声もあまりしないなか、こたつに入って猫と遊んだり、おせちにあきて、栗きんとんをバタートーストにぺとぺとつけて食べるのもほんとうにおいしい。テレビもつまらなくて、家族も退屈そうでとにかく食べるしかなく、もちを焼いてはくちに運ぶ。あの塩分のとりすぎですこしむくんだ顔ですごすなにもしない数日が好きだ。だらだらホットカーペットに寝そべっているとおしりに汗をかいて翌日ニキビができるのも悪くない。年の瀬にわざわざ移動して元日をハワイで過ごすなんて、あた恥ずかしいと思っていたのに、今年のお正月はハワイに出かけてしまった。

ホテルのレストランで何組かの芸能人を見かけたときに、おお、正月のハワイっぽいと思った。ハワイでいちばんたのしみだったのは、世界各国の天文学研究機関が集合したマウナケア天文台群をみることで、標高四〇〇〇メートルのてっぺんまで車に乗って行く予定だった。山頂では観光客でも星空観測ができると以前からきいていた。夜の天文ツアーを楽しみにしていたのだがホテルに着いて、星空観測の予約をネットで申し込んでいたときに、送迎先のホテル一覧に我々が宿泊しているホテル名がないことに気づいた。なんか変だなぁ、と思いながら、ウェブサイトが壊れているのかと思って何度もエンターキーを押したあとに、私が滞在しているのはオアフ島で、マウナケアはハワイ島にあるという、まったくちがう島にじぶんたちがきてしまったことをその瞬間に知った。マウナケアには行かれないが、ワイキキには、ココ・クレーターという大規模な植物園がある。それだってじゅうぶんすてきじゃないかと、絶滅しそうな植物がたくさん植わっている三万五千年前に噴火した火山の巨大なクレーターのなかにある植物園にでかけた。ひとっこひとりいない赤土の道を歩いた。おどろくほど人がいなかった。ハワイも冬で、植物はみな緑が黒っぽくさびしい道だった。赤っぽい毛虫が這うのをよけながらバオバブの大木をみた。

ハワイは何度か来ている。小学生のころ、秋になると、沖縄かハワイで十日ほど過ごした。だれの趣味だったのかはわからないけれどなんとなく行っていた。そのときも肌寒かった記憶がある。記憶といっても、日本食レストランで塗り絵をしていたこと、中国料理屋で福耳を褒められたこと、灰色の雲、霧雨、プールでしてしまったおしっこ、アメリカの風邪薬が強すぎたのか母がベッドに倒れて動けなくなり、ホテルのフロントに片言の英語で泣きながら電話したこと、ルームサービスの長崎ちゃんぽんとセブンアップのとりあわせが悪く何時間も吐きそうで吐けなくて往生したりした。上にも下にもいけなくなった未消化のちゃんぽんが炭酸水を吸ってさらにふくれて、胃を圧迫した。朝方にようやく吐けたとき、麵がのびた以外、ほぼうつわに入ったときと同じ状態のちゃんぽんがくちからでてきた。

一月のハワイもまた肌寒かった。プールサイドではだれしもが薄着でくつろいでいたが、私の身体は東京で過ごしていた真冬の感覚がぬけず、ひとりタートルネックを着続けていた。自律神経が突然の温暖な気候に順応できなかったようだった。風が一吹きしただけでも異様に寒く感じた。ブランケット片手に、靴下を二枚重ねにしてプールサイドにおりたつ。私は新しい水着を買っていたのだが、水着は着ているものの、プールの水が冷たすぎて、衣服をいつまでも脱げない。

ウールのカーディガン、そのうえからホテル備え付けの厚手のローブを着てプールサイドで読書をした。気温は一九度。それがあたたかいのか涼しいのかよくわからない。夫は颯爽（さっそう）とプールの中に入ってゆく。ホテルのひとが飲み物の注文をとりにくる。温かい紅茶を頼んだが、温かいものを頼む人がいないからか、ホット?!　と、何度も聞き返された。

とにかくどこにいても寒いとしかいわない私を不憫に思ったのか、夫が誘ってくれたのは、沖で夕陽をながめるサンセットクルージングだった。ウィンドブレーカーを羽織ってカイロを腰と背中に貼って船に乗った。乗り合わせた十数人のひとびとは、ほぼ水着姿で、たまにパレオを巻いている人がいるくらいだった。体格のいい若い青年が船長で、出船と同時に、パーリィピーポー!!　とハイテンションで呼びかけてきた。そのテンションに面食らったのは我々だけで、みな、歓声で応えていた。

　夕陽をみるということは、もう少ししっとりとしているものかと思ったが違っていた。船長の雄叫(おたけ)びを皮切りに、ウーハーのきついダンスミュージックが爆音で流れはじめる。歓声もよりいっそう大きくなって、みな音楽にあわせながらダンスしている。波が高いわけでもないのに船体はかなり揺れた。なにかにしがみつかないと立っていることができない。甲板しかないから、風で体熱がどんどん奪われてゆく。波で胃液も揺れる。三島由紀夫が歌舞伎にした『椿説弓張月(ちんせつゆみはりづき)』で為朝たちが平家討伐のために出船するのを思い出す。ひとりで眉間にしわを寄せていると、ビキニを着たヒスパニック系の女子三人に Are you OK !? と心配され、肩をぽんぽんたたかれる。船員が、この船はアルコール飲み放題だと言って、何ガロンあるかわからないボトルを持ってまわってくる。にごったアプリコットのような色のアルコールだった。この船オリジナルカクテルらしい。みなてきめんに酔っていた。私は、あたたかいほうじ茶がのみたいと思いながら、甲板の隅で船酔いにならないように無念無想で水平線だけをみていた。夕陽が沈んできたね、きれいだね。いろいろ気を遣って話しかけてくれる夫に、そうだね、とだけ返事した。私の座っている場所はすぐそばにスピーカーがあったから、ドンドン音圧がかかる。

夕陽はみるみるうちに海のむこうに溶けて海面も深いコバルト色になっていた。サンセットを見終えたいくつかの船が浜辺に戻ってゆく。酔いのめぐった、でべその男性がシケた船だな！　と、並走する船にむかって叫んでいて、それがかえって、我々の乗っている船そのものをシケた感じにさせていた。

季語を探す

二月にはじめて吟行をした。詩人の吉増剛造さんの呼びかけで、俳人の高柳克弘さん、詩人の城戸朱理さん、同じく詩人のカニエ・ナハさん、そしてこの連載の写真を撮ってくれている花代さん、私を含めて六人で深川を吟行した。吉増さんから、当日はレインコートと帽子を着用するように命じられた。私は登山で使う合羽とズボンにわかれた真っ青のレインウェアを実家の納戸から引っ張り出した。深川は芭蕉が「古池や蛙飛び込む水の音」をきいた土地でもあるから、水音を感じるための雨具だった。

前に深川を歩いたのは真夏で『東海道四谷怪談』の三角屋敷をみたことを思いながら待ち合わせ場所の、小名木(おなぎ)川と隅田川が合流する公園まで歩いた。

吟行の様子は、ＭＯＴ（東京都現代美術館）のイベントの一環として、Ustreamで中継されているということだった。

当日、公園の芭蕉像の前でおちあった。風が強かったけれど、晴天で外を歩きまわるのが気持ちのよい天気だった。吉増さんは、うすみどりいろのレインコートのうえから、古い写真機のローライを下げてあらわれた。花代さんは、黒いワンピースのうえから、真っ赤なレインコートを着ていた。カニエさんの灰色のレインコートはひどく破れていた。

宗匠の高柳さんを先頭に、みんなぞろぞろついてゆく。川沿いを歩いて季語はないかと探していた。まぶしい日だった。わかりやすい季語っぽいものがぜんぜん目に入らない。二月は季語が少ないから……と、もどかしそうに城戸さんがいう。春遠し、春を待つ、そういうことばしかでてこなかった。カニエさんはビニール傘を持っていて、欄干を通るときに、傘の柄で音を鳴らしていた。黄水仙、寒椿、白梅、花をみつけるとみなでよろこんだ。

芭蕉稲荷神社の境内には小さな白梅が咲いていた。花代さんは白梅よりも隣家のおじさんが育てている小さな盆栽にみとれていた。俳人の吟行はそんなにはなしをしながら歩くものではないらしい。私たちは吟行中ずっとしゃべっていた。萬年橋を渡るとき、吉増さんが、泉鏡花にとって大切な橋を渡るよ、と教えてくれた。かつてはここから富士がみえていたのだという。団子屋の前を通ると自然にみんなの足が止まった。桜餅、道明寺、みたらし団子、おはぎ。それぞれ食べたいものを買いはじめてゆく。カニエさんが高柳さんに、道明寺は季語ですか、と聞いている。道明寺も桜餅も季語ですね。おはぎは季語じゃないんですね。

吟行中、高柳さんは、しょっちゅう、これは季語かどうかをたずねられていた。盆栽は季語ですか、下萌えは季語ですか、どんぐりは季語ですか、パンジーは季語ですか、スカイツリーは季語ですか。そのたびに、にこやかにいつの季語なのかをこたえる。例句までさっとでてくるから、みなたまげていた。

私は団子屋でみたらし団子を食べたかったが、財布に五円しか入っていなかった。見かねた花代さんが、団子を買って渡してくれる。なぜか団子の半分を吉増さんにうばわれ、一本の団子をしぶしぶ分け合いながら、ワイルドシルクミュージアムという小さなお店に立ち寄る。シルクのショールや腹巻、ワンピース、蚕(かいこ)の繭をそのままピアスにしたアクセサリーまで販売していた。

　さまざまな種類の蚕の糞がビーカーに入っていたり、蚕の標本も並べられてあった。みたことのないカレーパンのような大きさと色の蚕もあった。マダガスカルの蚕と書かれてあった。マダガスカルの蚕は、集団で大きなひとつの蚕玉をつくって孵化(ふか)をする。マダガスカルで眠る蚕。私もそのような眠りにつきたいと思ってみとれていた。吉増さんが、これをまりっぺに見せたかったのだといった。吉増さんは私のことをむかしからまりっぺと呼ぶ。昭和な音で気に入っている。

　吟行を終えて公園の待合所につくと、大きなスクリーンにわれわれのすがたが中継されていた。吟行はすべて中継されていたことをそのとき知った。かなりどうでもいいはなしかしていなかったことを、会場についてから悔やんだ。

高柳さんから、二十分以内に三句提出してくださいといわれる。会場にはたくさんのお客さんもいる。即興でものをつくることだってないのに、そのうえ人前でつくるのなんてはじめての経験だった。五七五になるように指をおりながらつくった。吉増さんはもう無季にするしかないな、とひとりごちている。句を短冊に書き、全員の句を吉増さんが清記した。各人三句詠み、だれがどの句を詠んだかは隠されたまま、すべての句がホワイトボードに貼られてゆく。自句以外に三句選んで、講評をする。選句というのがなによりも難しかった。俳句への自分の態度が求められる。でも私は、態度が決まっていないから、ふらふらしてしまって句を選ぶのがつくるよりずっと難しかった。

句を選んだあと、多くの点が入った句から順に評じてゆく。どんなところに惹かれたのか、反対に、なぜとらなかったのかも高柳さんにたずねられたりする。自詠の句であったとしても。そうと悟られないよう、どうしてとらなかったのかをうまく語るのが重要らしい。多くの人が選句していた「道明寺ここからは空、そして春」という一句があった。この句をカニエさんはどう思いますか？　ときかれ、道明寺に春に、ちょっと季語がうるさくないですかねーとかなり苦々しく句を批評していて、あとでカニエさんの自句だったとわかった。なんてうそがうまいんだ。おそろしい。打ち上げの席で選句のポイントを高柳さんにきいたら、句の立ち姿です、と返ってきた。美しいことばだと思った。

お通しのコロッケが置かれている前で、吉増さんはなぜかインドのお香を焚きはじめる。油のいいにおいと甘たるい香りがかなりかちあっていたのでずっとこのにおいがしたら困るなと思っていると、火をつけて十秒くらいで煙たいねといって吉増さんは自ら消してくださった。俳句って楽しいね、などと呑気なことをいいながら、お品書きの短冊をみる。どれも俳句にみえてきた、と吉増さんが笑う。たちうおは季語ですね、と高柳さんがいう。きょうは季語を食べようとたちうおの刺身を頼んだ。

橋の下瞬間移動海の中
カラコロコロ川波と歌う

ナハさん傘

西陽散歩ガードレールの影伸びる

天道虫（花代）

常磐一丁目2の白梅咲く

くちづたえで知ったさくらもちは季語

春浅しマダガスカルの蚕玉

真理子

梅が咲いていました

大分県の国東半島に滞在していたころ、三浦梅園という哲学者が江戸時代にいたことを知った。梅園は生涯のほとんどを国東半島で暮らし、医学、哲学、天文学、生物学、政治経済学など、多岐にわたって学問を展開した。天地を先生として天地のしくみを解明したいと探求したひとで、彼が遺(のこ)した本もすこし読んだけれどおもしろかった。

夫の康太郎さんとはじめて食事をしたとき、「枯木に花咲くより生木に花咲くを驚け」という三浦梅園のことばが好きだと彼が言って、三浦梅園の話をするこの人はいったい何なのだろうと不可解だった。いつか梅園の里をたずねたいと康太郎さんはいっていた。

先日、たがいの休みが重なったのでいっしょに国東半島にでかけた。いままでは仕事で国東に来ていたから、大分空港に着くと、時間に追われるようにベルトコンベアから流れてくる荷物の受け取りを待っていた。遊びに来ているはずなのに、かつての記憶がよみがえって、そわそわと落ち着かない気持ちになる。

大分空港のレストラン街には、めっぽううまい鮨屋があると、芸術祭の仕事をしているころからきいていた。そこのお鮨を食べたいから飛行機をわざわざ一本遅らせるひともいるときいた。大分空港に着くたび鮨のことが頭をよぎったが、いつも間が悪く食べられなかった。制作のための滞在中、二度鮨を食べるチャンスがあったのだが、一度目は、作品の手伝いをしにきたドイツ人セバを迎えに行ったときで財布を忘れたことに気づいて食べられず、二度目は、芸術祭での仕事を無事に終え、キュレーターのNさんといっしょに鮨屋のカウンターに座り、おてふきをもらって、さてなにを頼もうかとしているだんになって、空港の保安検査場が閉鎖されるアナウンスが鳴った。搭乗時間を間違えていたことに気づいて、一貫も頼むことなく、店を出た。今回は旅行なのだから、思いのままに鮨を食べられる。スーツケースをひいて一目散にのれんをくぐる。カウンターには、白身魚のさしみをつまみながら、ビールと日本酒を交互にのんでいるひとがひとりいるばかりだった。豊後(ぶんご)水道らしいものを食べようと、関さばと関あじを頼んだが、感極まりすぎて、肝心の味がよくわからなかった。夫も私も機内ですでにカレーパンを食べていたから、ふたりとも四、五貫しか食べられず、気まずくなった。お品書きに書いてあった「平政」がなにかわからなかったので、お店のひとに「平政」ってなんですか？　とたずねたらそんなこともしらんのかという顔で、魚の名前ですといわれた。

　三浦梅園の私塾だった場所は、梅園の名の通り、白梅がたくさん植わっていた。二分咲きだった。ふとった三毛猫が昼寝をしていて、ちかづくと不機嫌そうに去ってゆく。梅園の資料館も、旧居も、たずねるひとは私たちばかりだった。

　夜は、中谷宇吉郎の甥がはじめたという由布院の旅館に泊まった。その日は康太郎さんの誕生日でもあったので、しずかに祝った。康太郎さんは三月十一日にうまれた。夕食時、平政は結局どんな魚だったのか二人で推(すい)した。ふきのとうの天麩羅がおいしいといった他愛ないことばを交わしながら、私は六年前の三月十一日のことを、うっすら思い出していた。

二〇一一年三月十一日、私は将棋の観戦記を書く仕事で千駄ヶ谷の将棋会館にいた。対局中に大きく揺れて、おもてにでた。コートを着そびれていて寒く、ホッカイロをコンビニへ買いに行った。対局は中断したものの、数時間後に再開されて棋士の生き方にめんくらった。いずれにしても交通機関はだめになっていて帰るに帰れないから問題はなかったけれど、地震があっても将棋をつづけることを恐ろしく思った。対局は深夜までつづき、感想戦を終えると二時をまわっていたので、みなさん会館にあるお酒をだして飲みはじめる。私も電車が動くまで待機しようと思い、椅子に腰掛けてうとうとしていたら、棋士の先生方が対局室で眠るよううながす。対局を終えても一切の疲労をみせない郷田真隆先生が、スーツの上着を布団がわりにしなさいと貸してくださった。たいへん優しい方であった。しわにならぬよう緊張したが、ありがたくお借りして横にならせてもらった。さっきまで対局していた棋士が座っていた座布団のうえで寝ていると思うと、異様な心地がした。寝そべったときに、そうとうな揺れだったことを思い出して身体がこわばる。原発のことはなにもしらないで眠っていた。翌朝、電車が動きはじめたので、それに乗って帰った。家に帰ると、原発が一大事である！　と父がテレビにかじりついていてふたりで画面をみた。充電の切れていた携帯をつなぐと、理工学部で研究をしている知人から、とにかく関西方面に逃げてくださいとメールが入っていた。フランスの知人からは安否をたずねる連絡が届いていて、どう返信していいかわからなかった。眠たいけれど目がさえて眠れない。母は不安から過呼吸を起こしていた。あれから六年経った。六年経って、なにが復興したのか。いろいろなことがひずんでいる。ひずみが震災によってできたのではなく、地震を機に露わになっただけで、ずっと前からひずんでいたのだと思う。六年のあいだに、ひずみは深くひろがってしまった気がする。

食事を終えて、温泉に浸かった。温泉に入ると、いつも、もっと浸からないと効能をひきだせないのではないか、という欲がでるけど、根っからののぼせやすい体だからいつもくらくらしながら上がる。湯上がりにライブラリースペースにたちよると、十八世中村勘三郎の写真集が置いてあった。襲名披露公演でみた『一條大蔵譚』が写っていた。つくり阿呆で源氏再興の契機をはかる一條大蔵卿長成の「鼻の下の長成と、笑わば笑え、いわばいえ、いのち長成、気も長成」という台詞を思い出していた。声色がはっきり耳に残っていて、勘三郎がもういないとはとても思えなかった。

「きょうの料理」賛

五月に入ると店頭はすでに盛夏らしい服ばかり並ぶから、大柄のストライプ模様や、ほとんど裸のようなベアトップをみたりしていると急に夏の気分になって、フットネイルを塗りたくなる。施術してもらうと雑談をすることになる。日を浴びながらぼんやりしたいけれど、ぼんやりしはじめると、かならず、なにか話しかけられる。ぼんやりは退屈しているようにもみえる。雑談をしていると、しばしばお料理とかされますか？ときかれる。しますとこたえると、ええ!? 意外ですと必ず返ってくる。どんなお店に行っても、同じやりとりをしている。いかにもつくりそうにないらしい。

料理をしないようにみえるひとというのはどういうイメージなのかを考える。忙しそう。私生活が派手そう。食に関心がなさそう。生活感のないひと、というとなんとなく褒められている感じがするが、つくった料理がまずそうなひとだからではないかとも思う。どういう意味で意外だと思われているのか、あまり考えたくはない。

はじめて毎日のこととして料理をしたのは十八歳だった。長いこと家にきてくれていたお手伝いさんの川波さんが体の都合でやめたあとすぐに、父が病に倒れた。母は看病のために病院を往復していたので、私が夕食をつくることになった。新しいお手伝いさんをおねがいする家計の余裕がとだえた。なので、とにかく私がつくるしかない、ということになった。河竹黙阿弥の世話物『四千両小判梅葉（しせんりょうこばんのうめのは）』におでんの振売が登場するのだが、江戸時代みたいに、おでんとか、そばとか、ほっとする食べ物を売り歩く人が家のそばに毎晩きてくれたらいいのにと思った。つくる気がしなくて出前をはじめはとっていたが、出前は高いし、しょっぱいしでしだいにあきがきて、ついに自分でつくることにした。いままで包丁を握ったのは飯盒炊爨（はんごうすいさん）のときくらいだったので、私は台所で途方にくれた。なにより皿洗いの終わりのなさに大泣きした。料理のいろはがよくわからなかったので、本を数冊買ったり、ウェブでレシピをみたりしたが、救いになったのが、NHKの「きょうの料理」だった。料理本では、さいの目切りも火加減も湯通しも、どういう加減のことをさすのかまったくじぶんではわからなかった。人がやっているのをなんとなくみていたけれど全然わかっていないままみていたので、何も思いだせなかった。とりあえずテレビをつけて、画面のなかの料理人の包丁さばきや火加減をじっとみていた。毎日いろんな料理をみた。まったく興味のない料理をみたのもよかった。みてゆくうちに、自分が家でなにを食べたいのかがわかる。とにかく安心するものが食べたかった。大学の帰りにスーパーに寄って帰った。なにも考えずにスーパーに行くと何を買っていいかわからないから、あらかじめメモを書いておく、という当たり前のこともそのとき気づく。「きょうの料理」はアナウンサーとの掛け合いが重要で、アナウンサーの試食する表情をつぶさにみて、じつはあんまりおいしくないんじゃないか？　などといやらしく推量するのも好きだった。積極的につくりたいのは、土井善晴とケンタロウだということがわかった。楽しそうに料理をしていて、失敗してもよさそう、という度量の深いところに惹かれた。さいしょは調味料の割合を単位換算しておぼえるという料理も気になったが、たし算が苦手な私には単位が複雑すぎた。季節を感じながら食事をつくれるようになったのは、だいぶ経ってからだった。ただ野菜を焼くだけでおいしいということがわかってうれしかった。厳密な塩分制限を医師からするようにいわれたので、父が退院してしばらくは、計量スプーンでなんでも計って食事をつくったりした。計算しながらつくっていると、料理というより科学実験のような雰囲気になったが、しだいに慣れた。慣れた、というより、いい加減になった。肉に含まれている塩分量まで考えるようにはじめはいわれたが、それをやっていると気が狂いそうになるので、やめた。やめたら気が楽になって、いまは適当に計量している。

父も、病を得たことで、はじめて料理をするようになった。それも私がみていた「きょうの料理」がきっかけだった。土井善晴とほがらかな声の後藤繁榮アナウンサーとの掛け合いもよくて、ちょっとつくってみようかなとメモをとってスーパーにでかけていった。後藤繁榮アナウンサーの手つきがつたないのもよかったらしい。いまは父がいちばん台所に立ち、包丁にも凝りはじめ夜更けに研いでいる。このあいだはキャベツの千切りで指の肉がそげて血がとまらず、病院のお世話になっていた。

いまも「きょうの料理」を録画していて、実家に帰ると、まとめてみている。大原千鶴の着物がすてき、とか、栗原はるみといっしょにいるアンドレア・ポンピリオが猫舌で苦労しているのをながめているだけで楽しい。

湯河原のとある宿にとまったとき、老齢の女将さんが、もとは湯治で長逗留するひとのための施設として宿をはじめたのだと話してくれた。いまは調理をする人を雇っているけれど、もとは、女将さんが食事をつくっていたのだときいた。旅館業を知らないまま、熱意ではじめて、なんとなく女将さんは料理もつくることになった。長逗留の人は一ヵ月以上宿泊する。女将さんは手持ちのカードがつきると、テレビでみたその日の「きょうの料理」を夜にだす、という方針にしていたらしい。「きょうの料理」は多くのひとの食をささえているのだと感動した。いま住んでいる家にはテレビがないから、「きょうの料理」をそのまま夜にだすことはできなくなった。最近は、土井善晴の和食レシピアプリをいれて、動画をみたりしている。

いまだに凝った料理はつくれない。料理は好きかとたずねられたら、好きだと応えている。ただ、私はひとりだと味噌汁をつくるのさえめんどうでお湯に味噌をといてすすったりしているから、ほんとうの料理好きは、きっと自炊ができるひとだと思う。最近は、木の芽を散らした牛肉とアスパラの鍋をよく食べている。ときどきたけのこもいれる。台所で季節を感じる。へたでもいいのだ。そんなよろこびを教えてくれたのは「きょうの料理」だった。ほんとうに懐深い番組だと思う。

湯気と点心

昔から湯気や煙のあがるものに惹かれる。じぶんが流体となって、風にのってどこまでも流れつづけてゆけたら気持ちいいだろうなと思ってみている。たんぽぽの綿毛や、粉雪、散華、風にのって美しいものはたくさんあるけれど、湯気も煙もすぐ大気に紛れて消えてしまうところが好きだ。

あたたかい飲みものをよく頼むのも、湯気がほわほわとあがっているのをみたいからで、コーヒーでも緑茶でも頼んでいる飲みものの味はかまわない。息をついたとき息が白くなると、そのまま魂も流れでてしまいそうになる。憧（あくが）る、ということばを思いだす。もと居た場所からはなれてゆくという意味で、身体のなかに入っている魂が遊離して外にふらふら流れだしてしまうというニュアンスがある。以前は、斎場に行くと、人の焼ける煙があがっていた気がする。高校生のころ、祖母の家の猫を焼いてもらったときも、煙を吸い込みたくて深呼吸をした。

いまやたばこを吸っているひとは白眼視されているけれど、煙好きの私はあの手の小道具をみると嬉しくなる。パイプも水タバコも楽しそうだ。たばこの味は私にはさしておいしくないから吸いたくはないのだけれど、じぶんのまわりに小さな煙をくゆらせているすがたへの憧れは消えない。お香を焚きながら、袖香炉を揺らして歩いたりしてみたい。『与話情浮名横櫛』の名場面の「源氏店」では、お富さんが煙管を灰吹きに落として音をたてる所作が見せ場へと誘う音になっていて、家でその音を流しながら、さい箸でまねをした。

父はヘビースモーカーだった。一日に四十本くらい吸っていた。父の部屋全体がたばこの脂色にそまっていて、白い壁紙は張り替えてもすぐに、べっこう飴の色にかわってしまう。本棚の背表紙もすぐに汚れる。決して居心地がいいはずはないのに、私は父の部屋にいることが好きだった。父はベッドの上でいつも本を読んでいる。傍らには缶ピースがあって、両切りのそれをくちにくわえながら、舌についた葉っぱをゆびでつまんですてる。缶ピースはバニラに似た香りがする。密閉された缶の封を切る瞬間がいちばんいい香りだったから、父のかわりに私があけたりしていた。Peaceという銘柄を象徴する、蒼穹の色、オリーブをくわえている鳩のパッケージデザインも美しいと思っていた。甘い香りがするのに、火をつけて煙があがりはじめると、部屋が甘苦くなる。父に一本もらって吸ってみたことがあったけれど、甘い香気とはかけ離れた舌が痺れるような感覚があって、すぐに煙を吐きだしてしまった。

父は病になってから、一本も吸わなくなった。病室ではたばこを吸う幻覚までみたらしい。たばこを手にしなくなってから数年経つけれど、いまもまだどこかで吸いたいという気持ちが消えていないといっていた。父の衣服にはいつもたばこのにおいがしていたけれど、いまは洗濯ものの香りしかない。私は父の吸う煙は好きだったが、衣服の煙は饐えたにおいがするから彼の着る服は絶対虫にくわれない。父はピースのにおいはニ

ットについてもふしぎと臭くならない、と言っていたけれどふつうにくさかった。愛煙家の知り合いも、たばこの香りは好きだけれど、衣服にしみたにおいは好きじゃないといっていた。じぶんが煙を肺いっぱいにためることは好きだけれど、喫煙室の目が痛くなるようなにおいは嫌いだし、ひとが吸う煙のにおいが服につくといらついたりするらしい。なんというわがままさだと思うのだけれど、その矛盾が人間らしく、またたばこはじぶんだけの煙だから心地いいものなのだろうと聞いていて思った。ひとさしゆびとなかゆびに細いたばこをもったり、火をつけるときにすこしうつむいたり、吸いさしを灰皿に置いたりする行為のひとつひとつ、ゆとりのある所作だと思う。

以前、「最後の晩餐」になにが食べたいかをたずねられたことがあった。「最後の晩餐」について思い巡らすというのは、元気な人にしかできない質問だと思いながらも、じぶんがなにを食べたいのかを真剣に考えた。体が自然に死を迎えるのだとしたら食べたいものはなにも思い浮かばなかった。お水でくちをゆすぐだけでもかなり気持ちいいかもしれない。では、元気なまま、退(さ)けがたい隕石の衝突などで「最後の晩餐」をするのだとしたらなにがいいか。点心です、となぜか即座にこたえられた。

好きな食べものは鮨とすき焼きなのだけれど、なぜかそのふたつを選ばなかった。点心はおいしいけれどそんなに好きな食べものだと感じたことがない。寒い日にコンビニで肉まんを買うのは、肉まんを食べたいからではなくてあたたかい湯気を手にしたいからだ。点心も味というよりせいろからほわほわとあがる湯気が好きだ。湯気に包まれてあたりいちめん白くなって最後を迎えられたらしあわせだ。じぶんでは怖くていまだにあけられないが、圧力釜の空気を抜く瞬間も好きで、栓をあけてもらったときに、ピーという音と高温とともにいきおいよく鍋のなかの蒸気があがってゆくのは、湯気が消えたら違う場所に行ってしまうんじゃないか、と思ったりする。湯気をみているだけでおなかがしあわせになる感覚を最後に味わいたい。メニューをみながら、食べたいものをあげてゆく。円卓をくるくるまわして、ほかほかのせいろがでてくる。紹興酒をちびちびやりながら、ビールをのみながら、香りの甘い東方美人をのみながら、みんなでつぎはなにをしようかと考える。海鮮しゅうまい、ぷっくりしたやわらかい皮につつまれた野菜入りの餃子。ほうれん草が練り込まれた皮の翡翠餃子。点心には、クライマックスがないからさびしくならない気がする。食べ終わらないよう、いつまでもオーダーをしつづけたい。大根餅、えびしゅうまい、ココナッツ団子、チャーシュー饅頭、頼みつづけているうちに、しゅーしゅーとじぶんたちも円卓も惑星も湯気になって消えてゆく。

蛍

実家で夕飯を食べているとき、母が、蛍をみたいといった。そうねえ、と気のない返事をしながらテレビをみていると、蛍をいままで一度もみたことないからみたいな、と母がつぶやく。母は一九四八年生まれで現在六十九歳。愛知と岐阜のさかいに流れる木曽川の城下町で暮らしていたから、蛍などみなれているのだと思っていた。どんなふうにとぶのかな。籠に入れてむかしのひとは文字を読んだっていうけど、ほんとうかな。そういいながら、母は手元の iPhone で蛍の検索をしていた。蛍をみせてあげたいと思っても、どこに蛍がいるのかわからなかった。父も同じだった。私も、子供のころから蛍という発光する甲虫のことは知っていても、じっさいにはじめてみたのは数年前だった。それまでは絵本や唱歌の世界の生きものだった。

私がはじめて蛍をみたのは、清流で有名な静岡県三島市に小説家の間宮緑さんをたずねにいったときで、夜の公園でちらりとよぎる蛍をみた。みた、という記憶はあってもその夜の光景が思い出せない。川沿いをみんなで歩いていた。このあたりは、蛍が自生しているよ、と間宮さんが教えてくれた。家に帰ったらモノポリーでもしよう。そんな情緒に欠けた話をしながら歩いていた。あれ、蛍じゃない？　と話したこともおぼえている。ただ、蛍火の記憶だけない。その夜に食べた鰻がおいしかったことは鮮明におぼえている。私は熱々のやわらかな白焼きを食べた。

三年前の夏も渋谷区にある温室植物園で蛍をみた。この連載で写真を撮ってくれている花代さんが誘ってくれた。日が暮れた温室の植物園のなかに、たくさんの蛍がとんでいた。ちらちら、ゆらり、すーっと、明滅する速度が個体によって違っていた、みなで連絡をとりあうように光っていた。死者が蛍火になってあらわれるのもわかる気がした。

ねえ、あなた、目白のホテルでみられるみたいだよ。

老眼鏡をかけてGoogle検索をつづけていた父が母にいった。父と母は、たがいのことを「あなた」と呼び合う。私がうまれたころから三十数年間そう呼び合っている。そのよそよそしさが好きだ。目白のホテルの敷地内の庭園に、蛍は生息しているらしかった。都内だと気軽にいかれるからいいね、といって、両親と夫と四人で、蛍をみにでかけた。

私たちは蛍が何時ごろから光るのかわかっていなかった。日が暮れるころ目白にむかった。せっかくだから先になにかおいしいものを食べようと暢気に話していて、鉄板焼きの店をたずねた。父自身はさして蛍に関心がないけれど、だれよりも蛍の有無を気にかけていた。ホテルにむかっているあいだも、蛍はもうとんじゃってるんじゃないか？といいながら運転をしていた。鉄板焼き屋についてメニューをみているときも、蛍はまだとんでるかな、大丈夫かな、とつぶやいていた。

ホテルでは「蛍ブッフェ」なるバイキングディナーが宣伝されていた。鉄板焼き屋で注文をしたあと、父は「蛍ブッフェ　ローストビーフ付」にしたほうがよかったんじゃないかといい始めた。忙しそうにシャンパンを運んでいる女性が通りかかると、父は、「蛍ブッフェ」は蛍をみながら食べるディナーのことでしょうか？　とたずねていた。女性は、いいえちがいます蛍は外です、といって去っていった。蛍を室内に放って食べるブッフェというのは気味が悪いから当たり前だ。鉄板の前にいたシェフが、蛍がいちばん光るのは夕暮れどきです、とにこやかに話すので、もう夜じゃないか、と父の顔は沈んでいった。私は父の心配をよそに、ステーキの焼き具合ばかり考えていた。

ステーキを食べているあいだも、父は、蛍のことを気に掛けていた。デザートを食べながら、蛍もう寝ちゃったんじゃないかな、と父が絶望的な声をだした。時刻は二十一時を過ぎていた。あまりにも父が気にしているものだから、鉄板の後片付けをしているシェフが、まだとんでると思います……たぶん、と小声で応答していた。

私は、一年前にこのホテルに来たときのことを思い出していた。このホテルでは、白無垢を着て写真を撮るだけの写真婚なるプランがあり、ただ白無垢を着てみたかっただだけの私は、夫とそのプランを予約した。撮影の前夜、せっかくなので宿泊しておこうと、ラウンジで夕食を食べていた。白無垢を着るという興奮状態により満腹中枢がいかれてしまい、ローストビーフを食べすぎて私は気持ちが悪くなり、そのあとトイレにこもって、三度ほど嘔吐した。翌日、白無垢は着られたのだが、体内の水分バランスが崩れていたから、顔がぱんぱんにむくんでいた。白無垢の白をひきたてるために夫は日焼けした色にドーランを塗られ、眉毛を太く描かれ、幕末の薩摩藩士のようになっていた。ふたりともうかない表情で、政略結婚でもしたかのような、ものがなしさただよう一枚になった。いろいろな意味で思い出に残る写真になった。デザートを食べおえると、待ちきれないとばかりに父が席をたつ。蛍をみよう、蛍を。急ぎ足で庭園にでた。庭園には、多くのひとが蛍観賞にきていた。母はまだ蛍をみていないのに、蛍をみられるという事態にすでに目が潤んで感動していた。

あ、いる。いる。橋の上で、ひとびとが立ち止まっている。ひそひそ声で、蛍のすがたをみつけてはゆびをさす。みえる？　みえる。母がうっとりした顔でみていた。

すーっと蛍が暗い木々と川辺の上をとぶ。葉のそばで小さく明滅する蛍もいた。『柳影澤蛍火（やなぎかげさわのほたるび）』の最後の場面をうっすら思い出してみていた。目白の蛍の数は少ないけれど、葉陰で休んだりしながら、のびのび過ごしていた。来てよかったね。父は母のうしろで、あそこにもいる、あそこにもいる、と声をかけている。私と夫は庭園を散歩してからまた父母のいる沢辺まで戻ってきた。じっと蛍をみている母の姿は、隣で目を輝かせている小学生とほとんど同年のように思えた。

こんなに光っていたら、蛍の光でちょっとした字も読めそうだね。

蛍のじゃまにならぬよう、ほんとうに小さな声で、母がいった。

　料理研究家の内田真美さんの家でときどき食事をごちそうになる。真冬にいただいた押麦の入った肉団子鍋、春のはじめには、厚手の布のようにもみえる、水餃子の皮のような面片（メンピエン）を手でちぎりながら湯がいて食べた。出汁ではなく湯のお鍋で、たくさんの発酵調味タレをかけて食べる。レタスを湯がくとみどりが湯気の中で揺れてとてもきれいだった。たらふく食べたすえに、ソファにもたれてうとうとしていると、食後の台湾茶を真美さんがだしてくれる。

　真美さんの料理はすべてが清潔で、すべすべしている、食べ方もシンプルで、そして白い。白い食べもの、という意味ではなく、食べた印象が白い。おいしい料理はたくさんあるけれど、清潔な心地、はなかなかつくりだせないことだと思う。料理のみならず、調理器具、アンティークのお皿、カトラリーまで、丁寧に手入れされていて、いつも光っている。先日、真美さんから、Cream Teaをいっしょにいかがですか、というお誘いがあった。私はそれが何を意味するのかもわからず、すぐ、行きます！　とご返事した。

私は友人のマメちゃんといっしょにタクシーにのって、真美さんの家にむかった。マメちゃんはお洋服をつくっている人なのでいつ会ってもすてきだ。彼女はお土産用に買った巨大な西瓜を一玉腹部にのせて座っていた。妊娠って、西瓜おなかに入れて毎日暮らすようなもんだろうねと話をしていると、運転手さんが、陣痛タクシーの講習をじぶんはうけているのだと言った。講習をうけた乗務員が陣痛が来たひとを最寄りの病院まで送ってくれるシステムらしい。搬送が間に合わず、陣痛タクシーのなかで出産したケースが一件だけあるときいた。運転手さんは母子に触れてはいけない決まりがあるらしく、後日、車のなかで産まれてきた赤ちゃんのお見舞いにゆき、抱っこした。出産には少なからずも立ちあった運転手さんもびっくりしたらしく、ショックでしばらく車の仕事ができなかったらしい。

真美さんの家のインターフォンを押すと、真っ白い服で真美さんが迎えてくれる。真美さんはお洋服も白が似合う。マメちゃんが大玉西瓜を抱えて階段をのぼると、さきに来ていた、女性ふたりがわあ、西瓜！　と声をあげる。私は、みたものをそのまま声にだす人間の習慣がとても好きだ。マメちゃんは名前の通り身長がとても低い豆サイズなので、遠目だと、西瓜から足がはえているようにみえる。

真美さんの家の花器にはいつもユーカリや紫陽花といったお花が生けてある。真っ白いクロスの敷かれたテーブルに麻衣ちゃんと紗季子ちゃんの二人が座っていた。ほのぼのとした集まりになった。

スコーンは、ひとが集まってからつくるのだといって、ぴかぴかに磨き抜かれたキッチン台で、真美さんはさっくりと粉をまぜてゆく。なにをまぜているのか私はわからず、ぼんやりみていた。真美さんと紗季子ちゃんは、最近二人とも滞在したという、イギリスのコッツウォルズの話をしていた。コッツウォルズときいて、蜂蜜と、ピーターラビットだけ頭に浮かんだ。ピーターラビットの舞台になったところですか？　ときくと、真美さんがそれは湖水地方なので違うと応える。その話をしたすぐあと、まったく同じ質問をマメちゃんが投げかけた。

スコーンが焼きあがるまで、真美さんが旅先で買ってきた舶来菓子の食べ比べをすることになった。魔法みたいな呪文を真美さんがくちにする。

コッツウォルズにあるというデイルズフォード・オーガニックのレモンクリームのかかったクッキー、パリのブレ・シュクレとポワラーヌのクッキー。ポワラーヌに寄ったら、りんごのパイも食べてねと真美さんにいわれる。おいしそうなお菓子に興奮してつい二口くらいでクッキーを飲み込んでしまう。忘れないように、急いで iPhone にクッキーの名前を買える店の名を打ってゆくのだけれど、カタカナを羅列したメモをいまみかえしても何が何だかよくわからず、どれがどの味かも思いだせず、そして湖水地方の旅に行く予定もない。メモをとらずに味わえばよかった、紗季子ちゃんは食の仕事をしているので、真美さんとクッキーの味の分析をしているのをきいていた。

スコーンが焼きあがると、白い粉と乳製品の発酵した香りが部屋に流れてくる。真美さんが手早くオーブンからだして、スコーンは熱が逃げないよう白布に包まれてテーブルの上に置かれる。それといっしょにガラスボウル山盛りのクロテッドクリームと、ベリーといちじくのジャムが白い陶器に入ってでてくる。ぱかっとスコーンを手で割る。ふわふわのなんだかなつかしいにおい。わあ、赤ちゃんのにおいがすると紗季子ちゃんがいった。なんてかわいい表現だろうか。スコーンは、乳のさわやかな発酵のにおいで、たしかにすこし酸っぱさがある。小麦粉と、わずかなバターがふわふわした湯気になっていた。スコーンが、湯気ごとほおばるものだとはじめて知った。白いおくるみにつつまれたスコーンから清潔な香りがする。ジャムをのせて、そのうえにまっ白のクロテッドクリームをのせる。湯気でクリームとジャムが光っていた。クロテッドクリームは濃厚なのにふわふわ感があった。日本製のクロテッドクリームは、英国のような風味が足りないらしい。乳酸発酵の香りが立つように、真美さんのクロテッドクリームは、生クリームにサワークリームを足していた。そのせいかいくらでもスコーンの上にのせられる。

　私は人形焼きやカステラの焼けるにおいが好きだけれど、卵や砂糖のにおいとは違ったさわやかさが焼きたてのスコーンにはあった。卵の甘い香りのする人形焼きを買って歌舞伎座で『蘭平物狂（らんぺいものぐるい）』をみたときのことを思い出した。派手な立ち回りでバッタバッタと人が斬られるのをみながら、私は人の形をした菓子をくらいつくした。甘い粉物をむしゃむしゃ食べていると、隣に座っているご婦人が、辛抱たまらんという目で、人形焼きをみていた。どうして歌舞伎だと人が斬り殺されているのに、明るい気持ちでお菓子を食べつづけられるのかふしぎだ。

　スコーンも、ひとの心を乱す香りがする。プラムやサクランボをスコーンの上にのせるのは、アメリカンショートケーキというらしい。それもみんなで食べたりした。食べ終えるとまたスコーンが新しく焼きあがって、五人でくたくたになるまで食べた。

ガス惑星ができるまで

最近、時間があるとたこ焼きをつくっている。薄力粉、出汁パック、たまご。たこがなければウインナー。とろけるチーズ。ねぎ、紅ショウガ。天かすにはあまり興味がない。もともとたこ焼きは好物ではなくカラオケのサイドメニューの一品で頼むくらいだった。さっきまで冷凍室にあったのがわかるような丸い玉を噛むと、たこは硬く縮こまっていて、ソースとマヨネーズを、熱い台所スポンジにからめて食べているような気がした。嫌いではなかったので、高校生のころ、週に一度はカラオケに行っていたから、よく食べた。大きめの紺色のセーターを着て、THE BODY SHOPのムスクのミストをむせるくらいにつけて、友達とカラオケに入った。歌いたいのかただ時間をつぶしたいのか。そのどちらでもあった。だれかが注文した、フライドポテトやたこ焼きを目の前にあるから食べる。くちがしょっぱくなると、プラスチックカップに注がれた濃縮還元シロップを炭酸水で割った甘ったるいメロンソーダを飲む。私が高校生だったころは、浜崎あゆみやモーニング娘。が最盛期だったころで、携帯を片手にメールをしながら三時間くらい歌い続け、なぜかみんなで下着すがたのスナップショットを撮りあったりもした。お店をでるとき、青のりがくちについていないか、ラメ加工された大きな鏡でくちもとをみる。夏祭りのときに、神社のそばにでていた屋台で、たこ焼きを食べたこともあったけれど、同じソース味であれば、焼きそばのほうが食べでがあって好きだった。

たこ焼きに夢中になったきっかけは、みちよさんという大阪出身のひとの家で、家庭たこ焼きのやわらかな味を知ったからだった。彼女から、友人が集まると、お好み焼きとたこ焼きをつつきながら酒を飲むのだと聞いた。え、両方やるんですか？　そうだよー。どっちも似た味じゃないかと思ったけれどそれは言わなかった。

みちよさんの家に向かう日、私は、夫と、友人のたむらぱんと三人で、ワインとフルーツを持って、マンションをたずねた。

ガラステーブルの上に、ホットプレートが一台、たこ焼き器が二台、置かれてあった。ソースもお好み焼き用とたこ焼き用と二種類でてきた。たこ焼き器は、タコのかたちをしている。

台所で、みちよさんが、明石のたこも、佐島のたこもあるよ、といった。大阪の人の家では、たこから選べるんですかー?!　と驚いた。どっちのたこになったのか忘れてしまったけれど、とにかくひたすらたむちゃんとふたりでたこを切った。グミのような食感だったカラオケ屋のたことはまるで違って、吸盤もおおきくて、柔らかかった。たこ焼きのタネをつくるのを横でみていて、予想を上回る水分量に驚いた。たこ焼きは、出汁の香りがふわふわと漂う湯気を味わう、上品な食べものであったことを、はじめて知った。白ごま油を敷いた鉄板の穴に一気にタネを流し込む。

紅ショウガやねぎ、天かすを散らして、ぐつぐつと、煮込むような焼けるようなふしぎな音が鉄板からしていた。竹串で焼きあがった表面を少しずつはがすようにずらして、ゆっくり球体にしてゆく。焦らず、つつかず、そっと、という指示を受けるけれど、せっかちなので、すぐまわしてしまい、私がいじったところは中に火が通り過ぎて硬くなった。ビールを片手に、私は発泡水を手に、ふっくらした球体になってゆく過程をぼんやりながめるのが楽しかった。

そのよろこびが忘れられず、家に帰ってすぐたこ焼き器を購入した。私はガスコンロタイプのものを買った。さっそくたこ焼きをつくったけれど、プレートは二十個の穴があいていて、夫婦ふたりきりではとても二十個を食べきることができない。冷凍庫にしまってふたたび電子レンジであたためたたこ焼きは、かつて高校時代に食べたカサカサした味がしてなつかしかった。湯気を頬張る瞬間を楽しみたくて、たこ焼きへの欲求やまず、ふたたび、たむらぱんに、たこ焼きに参加してもらった。

焼けるまでのおしゃべりも楽しいけれど、もくもくと鉄板をみているだけなのも好きだ。竹串を持ちながら、さしたる会話もせずに、球体づくりに専念する。出汁とたまごのいいにおいが部屋にたちこめる。たこ焼きの形成は、ガス惑星ができるのに似ている。

宇宙のちりがぐるぐる回転して重力によってしだいに惑星になっていったように、たこ焼きをつくる。ソースにあきたら、わさび醤油で食べる。たこに飽きたら、ウインナーとチーズを入れて、食べた。たこ焼きが固まるまでにただながめていられる友人は最高だとその夜に思った。

たこ焼きを囲んでからしばらくして、たむちゃんといっしょに歌舞伎座で、長谷川伸作『刺青奇偶（いれずみちょうはん）』をみた。三階席で売っている白玉入りの鯛焼きは早々に売り切れていてふたりでしょげていると芝居が始まった。最後、博打狂（ばくち）である主人公の半太郎が、もう賭博はしないと病妻に誓ったのにもかかわらず、命をかけての丁半賭博をして賭に勝つ場面をぼう然とみた。命を賭して勝った興奮を知ってしまったからには、きっとなおのこと博打はやめられないだろうな、などと思いながら、賭けで手に入れた金子を持って病妻のもとへ駆けてゆくすがたに、胸をあつくするどころか、暗澹（あんたん）たる気持ちで、花道をゆく半太郎を見送った。病妻を、きらびやかに死の旅路へ送りだしたいというようなことを半太郎はいっていたけれど、妻がいちばん気がかりなのは、半太郎の賭博依存なのであって、賭けごとで手に入れたお金で死ぬまえに飾り立てられてもかえって死にきれないのではないだろうか。幕間になって弁当を食べているあいだ、たむちゃんも私も気落ちしてしまい、無言だった。芝居が終わったら走って鯛焼きを買おうと話していたのにそれも忘れた。

ライダースジャケット

子供のころのアイドルといえば、マイケル・ジャクソン、マドンナ、シンディ・ローパー、プリンスだった。いかにも八〇年代という感じのラインナップだ。なんとなくこっそりみねばならない気持ちになってくるプリンスは大人になってからの方が好きになったかもしれない。プリンスの豹柄、ボウタイ、紫、網タイツは、みているだけで元気になる。プリンスのことを人と話したことがなかったから、プリンスが「殿下」という愛称で呼ばれていることはずいぶん後から知った。プリンスがラスベガスで公演をしていたとき、みに行こうか迷って価格を調べたりしたけれど、いつか日本にも来るだろう、と思ったきりになった。マイケルも、プリンスも亡くなってしまった。

「洋楽」というジャンルのいい方をいまはほとんどきかない。私が子供のころはまだ洋楽と邦楽がはっきりわかれていた気がする。好きなアイドルは、シンディ・ローパーだというと、幼稚園生がそう言ったのがおかしいらしく、えー外タレ好きなんだ！　と母の友人にいわれた。なんとなく下品な響きにきこえたが、「外タレ」ということばはいつごろ絶滅したんだろうか。

一九六九年のウッドストックのころから母は根っからの音楽好きで、『ぎんざNOW！』という東京のテレビ番組の司会をしたり、『軽音楽をあなたに』というラジオのパーソナリティや選曲の仕事をしていた。家でかかる音楽が小唄や新内(しんない)ばかりだったら、私はきっと小唄や新内の好きな子供になったと思う。

なぜ家にマイケルのレーザーディスクがあったのかはわからないが、私は毎日そのライブディスクをみていて、マイケルが来日した一九八八年、母は私のチケットも取ってくれた。四歳くらいだったけれど、いまもそのライブのことを記憶している。父親の肩車でずっとライブをみていた。

レーザーディスクはみていたけれどテレビを夜にみる習慣がなかったから、小学校高学年くらいになると休み時間の会話に支障が出てきた。当時は音楽番組が隆盛で、番組をみていないクラスメイトはほぼいなかった。音楽の授業では、スピッツかMr.Childrenを歌っていいことになったけれど、私はそのどちらも知らなかった。なんで知らないの？　ときかれたけれど、夕食を食べたら夜はもう眠いから、テレビをみる気力がなかった。気付いたら、クラスの発表曲として、結局二曲とも歌うことになった。

友人の家に行くと、小学生の娘さんがYouTubeのゲーム実況動画をみていて、ゲームはやらないけれど内容を知っていないと友達との会話に遅れるのだ、といってiPadでえんえん実況動画をみていた。グミのような色合いの生き物が、くにゃくにゃと集団で動き回っているゲームだった。実況をみるのもそもそもおもしろいらしい。彼女はグミの生態に詳しかった。いつの時代も変わらないなと思う。私にとって邦楽でなじみ深いのは、祖母の口ずさむ「般若心経」じゃないかと思う。祖母に信仰心があったとはとても思えないけれど、とりあえずお経を唱えることが日課になっている人だった。祖母の家にたまに遊びに行くと、お経でも読もうかというので、私も隣に座り、木魚を叩いて仏壇の前でくちをおおきくあけていた。自動再生される祖母のお経をききながら、ぎゃあていぎゃあていと私も叫んだ。一心にお経をとなえているとなにも考えなくなってくるのがよかった。

マイケル・ジャクソンの着ていたライダースジャケットが欲しくて、子供のころはゴミ袋の色が黒かったから、ゴミ袋を切ってガムテープで貼り合わせて、ライダースジャケットのように羽織って全指に絆創膏(ばんそうこう)を貼って家の中も外もその格好ででかけていた。マイケルのバックバンドでギターを弾いていたジェニファー・バトンも同じようにスタッズのついたライダースを着ていて、彼女が金髪を烏骨鶏のように逆立て、体中に電飾をまきつけてギターを弾くすがたにも憧れた。大きくなったらじぶんもレザーパンツをはいて髪の毛を逆立ててギターを弾いて、マイケルのライブに参加したかった。ジェニファーの真似をして、クリスマスの時期につかう電飾を体にまきつけたりした。ジェニファーは、あだな雰囲気が、いま思うと土手のお六に似ていた。私が持っていたジェニ

Fusion
PLASTIC ERASER
LUXURY

ーちゃんという金髪の人形はハサミでジェニファーと同じ髪型にカットされていた。チークを鋭角的にいれアイラインを真っ黒く囲んでいるメイクをジェニーちゃんにも油性ペンで施した。彼女たちにもゴミ袋を着せた。マイケルは亡くなり、私はレザーパンツもはかないし、金髪をトサカに立ててもいない大人になっている。子供のころの私からしたらがっかりな未来かもしれない。ライダースだけは子供のころに想像したように羽織っている。でも、もしかしたらあのゴミ袋製マントの方がかっこいいかもしれない。

寒がりの冬

冬が近くなってきたので、スリランカの葛根湯ともいわれているSamahanというお茶をよく飲んでいる。風邪をひきそうなときに飲むといいですよ、と知り合いの眼科医が数包渡してくれたのがきっかけだった。一服飲めば効果てきめん、と『外郎売（ういろううり）』のように渡された。

医者の不養生という慣用句があるけれど、それは本当だと思う。お茶を勧めてくれた先生は、食に一切関心がなく、食べること自体が億劫だといっていた。サプリメントとジュースのほかには、トマト、豆腐、チーズ、ヨーグルトで生きていて、加熱調理全般が面倒くさいというあんばいらしい。でも、偏食であることなど一切感じさせない肌のつややかさで、なにか納得がいかない。精神科医の友人はまちゃんも、ロキソニンとアルコールで扁桃炎は治る！　と豪語していた。

母方の祖父の修（おさむ）さんも医者だったが自分の体に無頓着で、かなりの病院嫌いだった。軍医として出征した学友がみな戦死したことを思い出すから、風邪でこの世の終わりのような顔をする患者に腹が立つらしかった。私は、まさにほんのちょっとした風邪でひいこらいうタイプなので、おじいちゃんの話をきくたび、叱られた気がして黙った。戦死した友人を思い出すという理由で、祖父は病院をたたんで、生命保険会社の医者としてながらく働いた。欲のないひとだった。生きられなかった友人たちに対していつもどこか済まない気持ちがあったのではないかと思う。心筋梗塞で倒れたときに、どうしてか軍医として樺太に派遣されていたころにタイムスリップしてしまい、病室で錯乱して暴れたことがあった。祖父は与謝蕪村が好きだった。赤提灯で飲むのが好きで、越中ふんどしが好きで、日光の猿の描かれた湯飲みでお茶を飲んでいた。ありがとうのかわりにダンケとよくいった。散歩ついでにいつも近所のパン屋でさつまいもの蒸しパンを買って渡してくれたが、たいして私はそれが好きではなかった。

祖父は丈夫なひとだったが、隔世遺伝はしなかったようで、私はしょっちゅう風邪をひく。年に数回ひいているんじゃないだろうか。昔から、体力がまるでない。お守りのように葛根湯を化粧ポーチにしまっている。最近はそこにSamahanが加わった。十数種類のスパイスときび砂糖の粉末が小さな袋に入っていて、それをお湯に溶かして飲む。パッパーダガム、ウィッシュヌクランティといった聞き慣れないスパイスも入っている。アーユルヴェーダとかが好きなひとには馴染み（なじ）のある香辛料らしい。私はアーユルヴェーダがなんのことなのかさえよくわかっていない。お湯に溶いて飲むと、ブラックペッパーと生姜（しょうが）の味がする。舌や喉がカーッと熱くなり、きびの甘さがほんのり残る。飲むそばから手の指先の血管までぽかぽかになるので、飲むホッカイロみたいだと思う。紅茶やホットミルクに混ぜてもおいしい。

年中手足が冷たいので、真夏以外は、たいていどこかにホッカイロを貼っている。隣にいるひとが寒がっていたりすると、バッグからストックを取り出して渡す。寒い人をみると、放っておけない。先だって、とあるオープニングパーティーにでかけたときも、会場は野外で大雨で風が強く、私はニットコートを羽織り、背中にはホッカイロも貼っていた。その場で会った女性は、ノースリーブワンピースにシースルーのジャケットを羽織っているだけだった。私は彼女のことが心配で、これ、よかったら、と大判のホッカイロを渡した。彼女は微笑(ほほえ)んで受け取ってくれたけれど、まったく寒くない、といっていたので、迷惑に思われたかもしれない。いっしょに鮨を食べる友達が、生理痛で辛いといっていたときも、鮨屋に向かう前にドラッグストアに寄って、蒸気の出る温熱シートを買って店で渡した。どうせ買うなら大容量がいいと思い、二十四枚パックを買って渡したら、こんなに大きいとバッグに入らないとすげなくされたこともある。友達の鞄をみると、ホッカイロ三枚くらいしか入らないような小さなバッグだった。

私も、真冬にノースリーブのワンピースを着たこともあるけれど、バーカウンターをヒールで格好つけて歩いていたら、ワンピースの下にしこんでいた背中のホッカイロがずり落ちてきて、床に落下した。

寒いのは苦手だけれど、タートルネックとロングコートをワードローブから出す瞬間が好きだ。コートを出すときに、いつも高校生のころを思い出す。私の通っていた高校は、十一月中旬に学園祭があって、コート着用は、学園祭が終わったあとからがお洒落というムードが生徒達の間であった。大きめのダッフルコートを華奢（きゃしゃ）な子が羽織っているのはかわいかった。私は十一月半ばまでコートを着られない雰囲気を恨めしく思っていた。でも、ひとりでコートを着ているのは恥ずかしかった。高校時代は、まだ人と同じようにしていたいという気持ちがあったけれど、いまは冷えないことしか頭にない。八月でも冷房のあたる場所に行くときは、モヘアカーディガンを持ってでかけている。赤ん坊のころ、母が私を慮（おもんぱか）って、おくるみやロンパースでいつもうっすら汗をかくらいにぐるぐるまきにしてあたためて育ててもらったのだが、どうもそれがあだになり、体温調節機能が不活性なまま大人になったらしい。いまは薄着で育てたほうが、かえって丈夫に育つといわれている。

でも寒がりの冬のよろこびは格別だ。ふとんのなかに湯たんぽをしまって眠る瞬間と、猫が股のあいだにうずくまってくれる瞬間に極まる。我が家の猫の場合、そうとう寒くなってからじゃないと近寄ってこないので、実家に泊まる日は、部屋のドアをあけ放しにして、猫たちが部屋に来るのを待つのだけれど、ちっともこない。待っているあいだに廊下の冷気が入りこんで、私だけ冷え、くしゃみをしながら葛根湯を飲むことになる。

あとがき

数年前、ひとけの少ない喫茶店で、チーズケーキを食べながら、『銀座百点』の連載のおはなしをいただいた。靴屋の二階にある喫茶店で、お休みだと歩行者天国でくつろいでいるひとたちがよくみえる。最初は、歌舞伎の演目について書くエッセイの依頼だった。私が勉強不足で、そのような連載は難しいだろうと悩んでいると、演目が一行出てくれれば、あとはどんな内容でもいい、ということになし崩しになり、身の回りでおこったあれこれを書くことになった。蛍をみたり、道端の雪を食べたり、好物のたこ焼きやお煮しめのこと、古書店でみつけた明治時代の短冊、大好きだったひとのことなど、ほんとうに、つらつらと、頭にめぐってきたなんてことのないことばかり書いた。

『銀座百点』は、日本で最初のタウン誌と言われていて、一九五五年（昭和三〇年）に創刊された。加盟店に立ち寄ると、番台の脇などにぽん、と置かれている。お会計の合間にぱらっと読んだり、喫茶しながら読んで、気に入ったら持って帰る。そのさりげない冊子のたたずまいがとても好きだった。独特の細長い判型なのは、女性であればハンドバッグ、男性であればスーツの内ポケットにしまいやすい形をとったそうだ。いまも、女性にはたらきやすい社会だとはとてもいえないけれど、創刊当時、女性が働ける場所がもっと少なかったときに『銀座百点』は編集部を女性だけにすると決め、いまもその方針は変わらず続いている。

連載は、二年間の予定が、一年ふえて、都合三十六回も書かせていただいた。連載中、たまにご年配の方から、もっとおばあさんの作家だと思ったけれど、若いのね、と驚かれたりした。思い出話が多かったからかもしれない。ひとつ思い出すと、さらに思い出が呼び起こされてきりがなくて、書いているあいだ、思い出の薄い幕を何度もめくりつづけているような気がしていた。連載の扉は、花代さんに写真をお願いをした。連載がはじまる直前だったか、花代さんといっしょに景気づけに湯河原の温泉に行った。午後いちばんでひとがいない露天風呂にふたりで浸かった。私は烏の行水なので、はやばや温泉からあがって、縁台にぼーっと腰掛けていると、花代さんが、まりっぺ気持ちいいよー、と手を振ってくれる。なにか変だなと思ったままぼーっとしていた。脱衣場にいたひとが、あのこ、池に入ってるわよ、と言った。私はもう一度花代さんをみた。どうみても池にしかみえないところに浸かっていた。水風呂と間違えたらしい。あとで旅館のひとは、池だとわかるように、なるべく掃除をあえてしないようにしている、と言っていた。私たちが泊まった部屋からは、おおきな桜の木がみえて、春になったらきれいだろうな、と思ってみていた。山桜だったのかソメイヨシノだったのかもききそびれた。桜の咲いたところはみていない。もう七年も前のことだと思うとふしぎだ。

初出＝『銀座百点』二〇一五年一月号（通巻七二二号）～二〇一七年一二月号（通巻七五七号）

朝吹真理子（あさぶき・まりこ）
一九八四年東京都生まれ。二〇〇九年、「流跡」でデビュー。二〇一〇年、同作で第二〇回Bunkamuraドゥマゴ文学賞を最年少受賞。二〇一一年、「きことわ」で第一四四回芥川賞を受賞。近刊に小説『TIMELESS』（二〇一八年）、エッセイ集『抽斗のなかの海』（二〇一九年）がある。その他の作品に、二〇一二〜一四年、国東半島アートプロジェクトにて発表された飴屋法水（演出・美術）による演劇「いりくちでくち」のテキストを担当し、共同制作。

花代（はなよ）
アーティスト。写真というメディアを中心に、コラージュ、パフォーマンス、音楽、インスタレーションなど多岐にわたる活動を展開。写真集に『ハナヨメ』（一九九六年）、『ドリームムム…ブック』（二〇〇〇年）、『MAGMA』（二〇〇八年）、『berlin』（二〇一三年）、『点子』（沢渡朔との共作、二〇一六年）など多数。

だいちょうことばめぐり

二〇二一年一月二〇日　初版印刷
二〇二一年一月三〇日　初版発行

著者　朝吹真理子
写真　花代
発行者　小野寺優
発行所　株式会社河出書房新社
〒一五一・〇〇五一
東京都渋谷区千駄ヶ谷二ノ三二ノ二
☎〇三・三四〇四・一二〇一（営業）
〇三・三四〇四・八六一一（編集）
http://www.kawade.co.jp/
組版　佐々木暁
印刷　凸版印刷株式会社
製本　加藤製本株式会社

Printed in Japan
ISBN978-4-309-02873-6